私はご都合主義な解決担当の王女である3

まめちょろ

B's-LOG BUNKO
ビーズログ文庫

イラスト／藤未都也

私はご都合主義な解決担当の王女である 3

story
Mamecyoro
Illustrator
Mitsuya Fuji

著／まめちょろ
イラスト／藤未都也

ビーズログ文庫

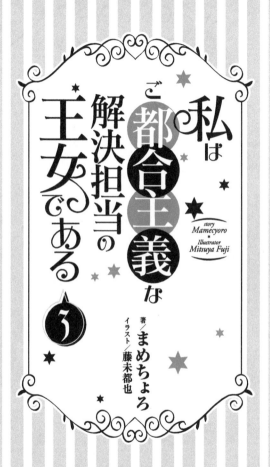

私は
ご都合主義な
解決担当の
王女である3
人物紹介
クリフォード・アルダートン
過去にいろいろありそうな護衛の騎士。
オクタヴィアと『主』『従』の契約を結ぶ。
オクタヴィア
BL小説「高潔の王」の世界に転生した
女子高生（@腐女子）。
エスフィア国王女。
政略結婚阻止のため
奮闘中！

アレクシス

エスフィア国第二王子。
オクタヴィアが気の許せる可愛い弟。現在密旨中。

セリウス

エスフィア国第一王子。
お世継ぎ問題で妹のオクタヴィアとぎこちない関係に。

シル・バークス

「高潔の王」内の主人公でセリウスの恋人。
己の出自を知るためオクタヴィアと準舞踏会に参加する。

ルスト・バーン

バーン子爵家長男。
オクタヴィアが偽の恋人役を頼もうとしていた人物だが……!?

レイフ・ナイトフェロー

ナイトフェロー公爵家当主。
オクタヴィアにはおじ様と慕われている。

デレク・ナイトフェロー

ナイトフェロー公爵子息。
セリウスの友人で、シルのことも気にかけている。

32

「…………」

エスフィア国の第一王女、オクタヴィア。それが前世込《こ》みでの自分。

気持ちを新たに、前を見据《みす》える。私は、再び饗宴《きょうえん》の間《ま》へ舞《ま》い戻《もど》ってきていた。

入り口で一旦《いったん》立ち止まり、『黒扇《こくせん》』を開く。態勢の整え！

髪《かみ》にはリーシュランの花を使用した花飾《はなかざ》りが挿《さ》してある。幸運に恵《めぐ》まれますように！

金色の仮面も装着済み。

仮面の下は、化粧直《けしょうなお》しでバッチリ！　目の赤味だけはちょっと残ったけどご愛敬《あいきょう》。仮面を外しても、思いっきり泣いた後だと看破《かんぱ》する人は少ないはず！　うーん、すごい。

会場側が用意している化粧専門の使用人の腕前《うでまえ》を堪能《たんのう》しました！　こういうことに関しては、サーシャ——王城の侍女《じじょ》たちが最高峰《さいこうほう》って思っていたんだけど、甲乙《こうおつ》付けがたい。『天空《てんくう》の楽園《らくえん》』が人気な理由がわかった気がした。もちろん、準舞踏会の主催者《しゅさいしゃ》であるレディントン伯爵《はくしゃく》、ローザ様の手腕《しゅわん》もあるだろうけどね！

それから——。

傍《かたわ》らのクリフォードを見上げる。クリフォードがいま着用しているのは白の礼装なんだけど、警備用も兼《か》ねたもの。要請《ようせい》があったとき、会場が王族専用の警備に提供することになっているという制服だった。

「……ごめんなさい、クリフォード。手間をかけさせて。わたくしが浅慮《せんりよ》だったわ」

言いそびれていたことを私は口にした。護衛《ごえい》の騎士《きし》の制服からこの衣装《いしよう》に着替えたクリフォードに改めて謝《あやま》る。

クリフォードが着替える羽目になったのは、泣くのに胸を借りた私のせいだもんね。

「動くのに支障がなければ問題はありません」

「なら、いいのだけれど……」

最後の部分は、クリフォードの礼装姿を見ていたら、つい本気の感想が漏《も》れ出た。

女性使用人の皆《みな》さん、クリフォードを見てやけに「ああでもない」、「こうでもない」と替えの服をどれにするか議論していたんだよね。そして出てきたのがこれだった。

金色の飾《かざ》りと釦《ボタン》が使われていて、護衛の騎士の制服以上に見た目も重視されているデザイン。クリフォードが白の衣装っていうのは、普段《ふだん》のイメージと正反対なんだけど、超《ちよう》優良物件ならではの着こなしっぷり。女性使用人の皆さんがうんうん頷《うなず》いていたのも納得《なつとく》。

「……何かおかしなところがありますか？」

じっと見ていたら、クリフォードに訊《たず》ねられた。

「その制服も似合っていると思っただけよ」

「そうでしょうか」

苦笑《くしょう》気味《ぎみ》に返される。

「護衛の騎士殿《どの》……もこちらを」

と、さっきも入り口で仮面を配っていた青年に声を掛《か》けられた。青年がクリフォードに新たな仮面を手渡《てわた》す。護衛の騎士殿、の後に間があったのは、服が替わっていたせいかな。

そして、最初に訪《おとず》れたときクリフォードに渡《わた》されたのは漆黒《しっこく》の仮面だったけど、今度は衣装に合わせてか白と金が交《ま》じった仮面になっている。

受け取ったクリフォードがそれを着用した。

さて――。

もう、入り口で立ち止まっている理由はないし、行かなきゃ、なんだけど。

一回目とは、緊張感《きんちょうかん》が段違《だんちが》い。何か、後押《あとお》しが欲《ほ》しかった。

「――クリフォード。饗宴の間の中まで、わたくしをエスコートしてもらえるかしら」

前を見据えて言う。

「御手《おて》を」

差し出された手に、自分のそれを重ねた。

饗宴の間に入ると、ざわめきと共に私とクリフォードへ視線が集中した。

「あれは生花《せいか》じゃないか……？」

「リーシュランの花飾りよ」

漏れ聞こえる声からすると、準舞踏会《じゅんぶとうかい》で生花を髪に飾るっていうのは、やっぱり貴族社会では浮《う》く行為《こうい》なんだなあって実感せざるを得ない。『黒扇』持ちの私には、いまさらだけど！

「あの方は殿下《でんか》よね……？」

「護衛の騎士様も衣装を替えられたのね」

「生花なのに、装《よそお》いと相まって何と……」

仮面を着けていても、私の素性《すじよう》はバレバレだった。

クリフォードのエスコートを受けながら、私は広げた『黒扇』を口元に、一同へ王女スマイルを向けた。

――ルストを捜《さが》して歩みを進める。

まだいるかはわからない。だけど、一番可能性がある場所は、ここしかない。

一応、ルストは私の誘《さそ》いに応じた。

ところが私は彼《かれ》の顔を見た途端《とたん》、不自然に退場したわけで。

もし饗宴の間にいなかったら、そのときはまた別の方法を考えよう。城に戻《もど》れば、兵士として勤めるルストの弟のエレイルがいる。もしくは、ルストからのメッセージの伝達役だったヒューイに話すことだってできる。

仮面を着け、踊《おど》る人々を眺《なが》める。——ルストは、いない。

ふと壁側《かべがわ》を見て——吸い寄せられるように、視線が縫《ぬ》い留《と》められた。

——いた。グラスを手に、壁に寄りかかっている。

ルストはごく自然に周囲と溶《と》け込《こ》んでいた。忘れるはずもない、その姿。

ちょうど向こうも、私に気づいたみたいだった。グラスを軽く、たぶん私へと掲《かか》げてみせようとした動作が——止まる。私を見て、一瞬《いっしゅん》、固まった？

仮面に隠《かく》された表情は窺《うかが》えない。ルストが今度こそ、グラスを掲げてみせた。

その瞬間《しゅんかん》、ただ重ねていただけのクリフォードの手を、私は強く握《にぎ》りしめていた。

……怯《ひる》みかけた自分を叱咤《しった》！

「ここまででいいわ。ありがとう」

ルストへある程度近寄ってからそうクリフォードに告げ、手を離《はな》す。途端、心細くなったのは、気のせい。

「——お邪魔《じゃま》してごめんなさい」

ルストは二人の男性招待客と歓談中《かんだんちゅう》だった。仮面を着けているせいもあるけど、元々私が知っている人たちではない。

でも、隣国《りんごく》のカンギナ人、かも？　左耳に三つ、円形の耳飾りを着けるのって、カンギナの伝統様式だったはず。

昔、両国の関係が緊迫化《きんぱくか》していた情勢下《じょうせいか》、エスフィアの舞踏会にカンギナの貴族がこれを着けてきて「エスフィアに来ておいて何事か！」って集中砲火《ほうか》を浴び、戦争勃発《ぼっぱつ》の遠因《えんいん》になったと習った。カンギナがわざと挑発《ちょうはつ》をした説や、エスフィアが戦争をするために難癖《なんくせ》をつけた説、立場によって見方はいろいろ。

できればルストとだけ話したいけど、カンギナの人に悪印象は与《あた》えたくないし……。

扇を両手で持って、私はにっこり微笑《ほほえ》んだ。

「カンギナから我《わ》が国《くに》へようこそ。わたくしもお話に加わっても？」

「殿……いえ」

「私たちこそ、お邪魔でしょう」

二人はそつのない辞去《じきょ》の挨拶《あいさつ》をして去っていった。

「──楽しいお話を中断させてしまったかしら」

「つまらない話でしたので、ご心配なく」

残ったルストが、壁から身を起こした。

さっき一瞬、固まった、と思ったのは勘違《かんちが》い？　態度は普通《ふつう》。

声……。声は、あの青年とは似ていない、と思う。本人、ではない。

向き合うと決めたけど、姿は……。まだ顔が仮面で隠されているから、私も平静でいられるのかもしれない。問題は、あの青年とルストの関係性。

「一人になりたいとのことでしたが、もう宜《よろ》しいのですか？」

「済んだわ」

「それはそれは」

「先ほどは踊っている最中に失礼をしてしまったわ。驚《おどろ》いたのではなくて？」

「ええ。殿下に何か非礼を働いてしまったのかと」

「わたくしを待っていてくれたのかしら」

「弟を通じ、接触《せっしょく》をはかってきたのは殿下のほうでは？」

「……あなたのほうこそ、わたくしに話があるはずよ」

ルストが口を閉ざした。仮面の奥《おく》から、硝子《ガラス》で見えないはずの琥珀色《こはくいろ》の瞳《ひとみ》が、観察するかのように私を直視している。

話があるのはお互《たが》いに。

ただ、込み入った話をするには、周りに人が多すぎるんだよね。

「――場所を変えましょうか？」

余裕綽々《よゆうしやくしやく》という態度を作り、私はルストを誘った。饗宴の間でこれ以上話し続けるのは避《さ》けたい、というのは向こうも同じ意見だったようで、了承《りようしよう》を得た。

行きは二人、出るときは三人で饗宴の間を後にする。

ルストだけ、仮面は着けっぱなし。これは、何故《なぜ》かルストが望んだ。私もあの顔と直面するのは、もう少し先延ばしにしたい気持ちがあったので何も言わなかった。

ついでに、いままですれ違《ちが》った人たちで、私の仮面なしの顔を見てぎょっとしたような招待客もいなかった――ただし、リーシュランの花飾りはよく見られていた――から、泣いていたことは化粧直しの技術で完璧《かんぺき》にカバーされている。

一安心……なんだけど。

別の意味で、私は切羽詰《せつぱつ》まっていた。

場所を変えましょうかってルストに提案したのは私。さも目的地があって案内するかのような形にはからずしてなったけど――一体どこへ行けば？

通路を歩きながら、どこでならルストとできるだけ人目に触《ふ》れずに話せるか、私は必死に考えていた。

そうです！　ルストと再対峙《さいたいじ》！　てことばっかりで、どこで、に関しては見通しが立っておりません……！

貴賓室《きひんしつ》——はしようと思えば貸し切りにできるけど、誰《だれ》かしらは利用しているだろうから、たぶん他の招待客を追い出すことになる。

なら、さっきまで私が籠城《ろうじよう》もどきをしていた個室群のどれかとか？

あそこへ戻るのはちょっとなあ……。一人で逃《に》げ込《こ》むのと、ルストを連れて直行するのとでは、やっぱり意味合いがね？

饗宴の間からルストと——クリフォードもいるけど——出てきただけで、すんごく他の招待客に見られていたし。

個室群方面を避けて進みながら、とりあえず庭園に面した渡《わた》り廊《ろう》下《か》へと差《さ》し掛《か》かった。

準舞踏会が始まってから、泣いたり化粧直しをしていたりで時間が結構進んでいたらしく、すでに夕日が沈《しず》みかけていた。

橙《だいだい》色《いろ》に染まり、それに合わせて灯《とも》される角灯《かくとう》の明かりが『天空の楽園』名物の庭園に色を添《そ》えている。美しいものの、広さもあって方向音痴《ほうこうおんち》だと迷子になりやすいんだよね。

……でも、庭園内ならどうだろう？

前にアレクと来たときに、二人で散策したことがある。可愛《かわい》い東屋《あずまや》もあった。穴場っぽくて、息抜《いきぬ》きができた場所。

うん。あそこにしよう！

東屋があったのはどっち方向だっけ。えーっと、会場の庭園内警備が立っている方向を真《ま》っ直《す》ぐ……。

私は歩みを止め、渡り廊下から庭園の左右を見た。

……警備、いなくない？

「どうされましたか？　何か気になることでも？」

ルストの問いに、かぶりを振《ふ》る。

「いいえ。庭園に東屋があるわ。そこで話しましょう」

「……よりにもよって、向かう先は、『庭園』ですか」

ルストが変な反応を示した、気がする。よりにもよって？　でも、他に良さそうな場所はぱっと思いつかないしなあ……。いい、このまま行く！

「そうよ？　――ついてきて」

目印だった警備が不在のため、迷子にならないか不安だったけど、無事、私はアレクと発見した東屋に辿《たど》り着《つ》いた！　内心でものすごく胸を撫《な》で下《お》ろした。

花のアーチをくぐると、角灯に照らされた、屋根が正六角形で木造の東屋がお目見え。目論見通《もくろみみどお》り、人影《ひとかげ》もない。

私とルストは、東屋の椅子《いす》に向かい合うようにして腰《こし》を下ろした。私の左後ろにクリフォードが立つ。……話は、私から切り出した。

「その仮面を外してもらえるかしら」

に震《ふる》えが走ったけど、何も考えられないってほどじゃない。

前回は不意打ちで、頭が真っ白になった。今回は、備えができている。それでも、身体《からだ》

「……………」

淡々《たんたん》と返したルストが、仮面を外し、静かに机に置いた。

「──王女殿下のご命令とあらば」

現れた顔を、食い入るように凝視《ぎょうし》する。

──痣《あざ》以外は、あの青年と同じ。金色の髪。琥珀色《こはくいろ》の瞳。でも、よく見ると、醸《かも》し出《だ》される雰囲気《ふんいき》が違《ちが》う。あの青年の場合は、こう……わざとらしい人間っぽさがあった。ルストには、それがない。

「私の顔を見て動揺《どうよう》した人間は、殿下で二人目です。ぜひお聞かせ願いたい。──オクタヴィア殿下、私は誰に似ているんですか？」

ルストは、自分が誰に似ているかを、知らない？

それに、二人目……。私がルストの見た目に動揺したのは、あの青年そっくりだから。

でも、この世界に、私以外にあの青年を知っている人間なんて、いるはず……。

いやいや、鎌《かま》をかけられている可能性も？

扇を開き、要《かなめ》の部分をぎゅっと握る。

いまはたぶん、お互いに探《さぐ》り合っている状態。最初に逃げ出した分、私のほうが不利。

「——ならば、その一人目に訊ねれば良いのではなくて？」

私の切り返しに不遜《ふそん》な笑み《え》をルストが浮かべた。ゆっくりと、口を開く。

「国王陛下《へいか》に、ですか？」

……一人目って、まさか父上？

33

扇を軽く動かし、羽根のふわふわで平常心を保つ。

父上も、あの青年と面識がある？

つまり——。

私が対峙している、ルスト。

彼の言葉を信じるなら、少なくともルスト以外にもう一人、実在する？

——この容貌《ようぼう》を持つ人物が。

「そう。それですよ」

ルストが顎《あご》を引いた。

「何が、それ、なのかしら」

「オクタヴィア殿下。私の顔をはじめて見た人間が、まずどこに注目するか、おわかりですか？」

言ったルストが、自身の、額の左側にある特徴的《とくちょうてき》な痣《あざ》に触れる。痣が、見えなくなった。

愛読書だったBL小説『高潔《こうけつ》の王《おう》』で得た知識から、私が本物の『ルスト・バーン』かどうかを見分ける目印にしていたもの。

「顔立ちより何より、ほとんどの人間がこの痣に気を取られます。これは私に生まれつきあったものですが――見る者によって反応も大きく分かれます。神からの贈《おく》り物《もの》だと言う者もいれば、不吉《ふきつ》の象徴《しょうちょう》と言う者も。共通しているのは、痣を見た後、即《そく》態度に現れるということです。無論、痣など見なかったように振《ふ》る舞《ま》う者もいます。ところが――」

痣を覆《おお》っていた手が、離される。

「国王陛下もオクタヴィア殿下も、この痣など意にも介《かい》していませんでした。王族であるがゆえの振る舞いだといえるかもしれません。……ただ、無反応だったわけではありません。痣よりも、私に――いや、私の容貌にこそ、注目なさっておいでだ」

「あなたの顔立ちが整っているからでしょう？」

「身に余るお言葉です。しかし、それならなおさら妙《みょう》ですね。――お二人ともが、私の顔を見て、まるで存在しないはずの亡霊《ぼうれい》に出くわしたかのような動揺を示されたのは。好意ならまだしも、それとはほど遠いものを感じましたが」

存在しないはずの亡霊に出くわしたかのような。

私だけのことなら、わかる。感情が、顔にも全部出ていたと思う。

……でも、父上も？

父上は、私《し》の部分でさえも、あまりわかりやすい感情表現をしない。国王だから、というのもある。そんな父上が、いち子爵家《ししやくけ》の子息《しそく》と会ったからって、動揺を示す――失態《しったい》を演《えん》じるなんて。

「陛下と王女殿下。国の中枢《ちゆうすう》に位置する方々が、自分の顔で不自然に動揺する様を見れば、気になるのが人間の性《さが》だとお思いになりませんか？」

この口ぶり。ルストは、あの青年とは本当に無関係？　たまたま、何故かそっくりの顔に生まれ落ちただけってこと？

「……それだけかしら？」

気になるのは、他に深い理由があるからじゃ？　疑念を、まだ捨てきれない。

ルストが間髪《かんはつ》入れずに答えた。

「ええ。それだけです」

ごくごく、自然体で。

「あなた自身は、自分が誰に似ていると思っているの？　聞いてみたいわ」

「――心当たりのある人物を言えば、私が置かれている状況《じようきよう》に殿下が変化を与えてくださるとでも？」

駆《か》け引《ひ》きのつもりで紡《つむ》がれた言葉だったのかもしれない。だけど、私にとっては大収《だいしゅう》穫《かく》だった。ルストには、自分が誰に似ているかの心当たりがある。

……もう一人、いるんだ。

『心当たりのある人物』が誰なのか、ぜひとも聞き出したい。エスフィア人か、もしかしたら他国に？　しかも、人物と言うぐらいだから、架空《かくう》の存在でもない。

何しろ、あの青年以外、私にはまったく心当たりがない。

「ええ」と頷きかけ――直前に、脳内で待ったがかかった。口を閉じる。

ルストが言うところの、『置かれている状況』って？　私って何を期待されてるの？　どっちも詳細不明《しょうさいふめい》。安請《やすう》け合《あ》いは良くないと私の勘《かん》が告げている！

「変化が与えられるかどうかは、確約できないわ」

「それは当然です。失礼ながら、了承されでもしたら、話の途中《とちゅう》で退席するところでした」

「………………」

あっぶな……！　私、了承しかけてたんですけど……！

「できるかどうかわからないことを安易《あんい》に引き受ける人間は信用ならない。交渉相手《こうしょうあいて》としても不適格かと」

……ルストって、あの青年じゃないにしても、一筋縄《ひとすじなわ》ではいかない感じがする。

「ルスト・バーン。あなた――何故わたくしと会う気に？」

「ヒューイ……ウィンフェル子爵家と違って、我《わ》がバーン子爵家は、殿下が繋《つな》がりを持ったところで何ら益《えき》のない貴族です。しかし、わざわざそんな子爵家の、当主でもない私に殿下自らが接触をはかってきたとあっては、無視するほうが恐《おそ》ろしいでしょう？　ましてや、私の顔に国王陛下と酷似《こくじ》した反応をなさったとあっては」

ルストが一旦、言葉を切った。

「──それで、そんな殿下の、私へのご用件は？」

問いかけに、私の目が泳ぎそうになった。扇で意味もなくあおぐ。

私がルストに会おうとしたそもそもの理由は、「偽《にせ》の恋人になって！」というもので。

でも、いま現在、これをルストに持ちかける気は大幅《おおはば》に減退している。

うまくいって引き受けてもらえたとして、あの青年そっくりな人が偽とはいえ恋人役っていうのは、胃がキリキリしそうな……。いちいちルストの言動も疑ったりすると思う。

うん？　発想の転換《てんかん》として、そんな人物だからこそ、恋人役として近い距離《きょり》にいてもらったほうが良《い》いのかも？

うーん……。

当初の予定通り、ルストに頼《たの》んでみるか。それともきっぱり諦《あきら》めて、別の人を探すか。

「──時に、危険なものを殿下は飼《か》い馴《な》らしていらっしゃいますね」

悩《なや》みまくっていると、ふいにルストが言った。その視線の先を辿《たど》ってみる。

彼の視線の先には、クリフォードしかいない。

危険なもの？　飼い馴らしたっていう表現も、いい意味に感じ取れない。

クリフォードは、私たちではなく、庭園の東の方向を見据えていた。すぐにこちらへ向き直り、頭《こうべ》を垂れる。

東――警備がいなかったところ？

ルストが私を見た。ただ、視線は合わない。

「多くの高位貴族……時には王族も賓客《ひんかく》の接待用に利用する『天空の楽園』ですが、それにしては庭園の警備がいやに手薄《てうす》だとは思いませんか？　手抜《てぬ》かりでは？」

私が気づくぐらいだもんね。ルストも不審《ふしん》に思ったみたい。

「……事情があるのでしょう。彼らの仕事に手抜かりはないわ。わたくしたちは安全よ」

太鼓判《たいこばん》を押《お》すつもりで、私は自信満々に言い切った。

「さらには、護衛の騎士殿も殿下の側《そば》についておられる？」

「クリフォードがわたくしの側にいるのは当然だわ」

だって、ルストが言ったように、私付の護衛の騎士だし。

クリフォードも仕事熱心という意味では、会場で働く人たちと一緒《いっしょ》かな。

そりゃあ私も、いるはずの場所に警備がいないのは変だなあと思ったけど、化粧直しで使用人の皆さんにお世話になった身としては、ルストの言うような手抜かりなんかじゃないと確信している！

ここで働く警備の人たちも、仕事への意識は同じなはず。理由なく持ち場を離れたり、サボったりはしないと思うんだよね！　こう、庭園の警備が少ないのは、ポジティブな会場側の事情だよきっと！　……その事情は思いつかないけど。

「――確かに、手抜かりなく、計画通りに鼠《ねずみ》は罠《わな》にかかりそうですが」

……ん？

私の頭の中が疑問符《ぎもんふ》で一杯《いっぱい》になった。ルストと話が通じてないと思う！

「ああ、始まったようですね」

ルストが、庭園の東側のほうを向く。

落《お》ち着《つ》き払《はら》ったその声音《こわね》とは裏腹に、クリフォードが見据えていたまさにその方向から怒号《どごう》が聞こえてきた。剣戟《けんげき》の――争いの音も。

クリフォードが剣に触れ、立ち位置を変えた。たぶん、万が一に備えて。

東屋から見える庭園の風景は、一切《いっさい》変わらない。白や赤も黄、青……咲《さ》き誇《ほこ》る花々が角灯に照らされ、美しいまま。

だけど、庭園の東で、異変が起こっていることを、音が伝える。

――始まったって、何が？

「殿下が庭園を歩き出したときはどうなることかと思いましたが――この東屋は絶妙《ぜつみょう》な位置にあります。見物には少々物足りないのでは？」

ルストは、庭園の東で起こっていることの詳細がわかっているようだけど、依然《いぜん》として私はさっぱりだった。城の鍛錬場《たんれんじょう》でのそれとは違う、物々しい実戦の音が、続いている。

内心ビクつく自分を奮《ふる》い立《た》たせているのは、皮肉なことにルストの存在だった。あの青年そっくりなルストの前では、弱々しいところを見せたくない、意地みたいなものがある。

そして、ここは状況を把握《はあく》しているらしいルストに訊《たず》ねるのが一番。

「どういうことかしら？」

「反王家を掲げる曲者《くせもの》たちのあぶり出しですよ。背後にいるのはカンギナです。それをレディントン伯爵が場を提供し、ナイトフェロー公爵《こうしゃく》が中心となり、取《と》り締《し》まる。しかし、蠢《うごめ》く曲者たちがいつ動くかが問題でした。……鍵《かぎ》となるのが殿下、あなたです。曲者たちにとって第一王女オクタヴィアは格好の標的になる。あなたが準舞踏会に出席するとなれば、敵も必ず動くでしょう。そこで、会場側の警備を一部、わざと甘《あま》くしてある。曲者たちをあなたという甘い蜜《みつ》でおびき寄せ、奴《やつ》らと通じている招待客も一網打尽《いちもうだじん》というわけです。――殿下は自ら囮《おとり》になられたのでは？」

愉快《ゆかい》そうにルストが口元を歪《ゆが》めた。

「しかも、シル・バークスを連れて」

「……わたくしは、レディントン伯爵からの招待に応じただけよ」

ぜんっぜん、的外れです！

「そうでしょうとも。殿下が開幕のダンスを務めたことで、伯爵は想像以上の収穫を得てご満悦《まんえつ》。本来であれば曲者たちの侵入《しんにゅう》を許すなど失態ものの大事件ですが、今回ばかりは網《あみ》を張り、曲者のほうが引《ひ》っ掛《か》かった部類。事の全容が広まれば、レディントン伯爵には称賛《しょうさん》が集まるでしょう」

これって、父上も知ってた……んだろうな。結構大がかりな計画みたいだし、その可能性大。でも、だったら私が招待に応じた時点で教えてくれても……！

もしかしてあれ？　敵を騙《だま》すにはまず味方からってやつ？　そりゃ、知ってたら私にうまく演技ができたかどうかは怪《あや》しいけど！

――て、ちょっと待って。何でルストは計画のことを熟知《じゅくち》してるんだろ？

あの青年のことは抜きにして、ルスト・バーンという人物のことを思い出してみよう。

バーン子爵家の長男。――反王家。兄やシル様とは敵対する役回り。

「――蠢く曲者、と言ったわね。ルスト・バーン。あなたはどちら側《がわ》？」

「これは心外ですね」

ルストが胸に手を当てた。

「私は曲者たちを探り、取り締まりに貢献《こうけん》した側です。やろうと思えば曲者たちにレディントン伯爵側の計画を明かすこともできましたが……伯爵側で働く人間です」

「では、あなたが饗宴の間で話していたカンギナ人は？」

こんな話を聞いた後では、あの人たちも怪しく思えてくるってもの。

「潜在的《せんざいてき》な曲者、といったところですか。曲者側から計画を知り、加わりたかった者たちです。——殿下の突然《とつぜん》の出席が試金石《しきんせき》になり得ます。特に、レディントン伯爵からの招待を一度断《ことわ》っておきながら、参加の打診《だしん》をしてきた者は疑われる。諸侯会議《しょこうかいぎ》に合わせ、続々と地方貴族が王都入りしているという時期も良い」

——てことは、急な襲撃《しゅうげき》を受けて右往左往《うおうさおう》してるってわけではないんだよね？

東から聞こえる物騒《ぶっそう》な音も、おじ様とローザ様の計画がうまくいっているからこそで。

「しかし、曲者というのは、良からぬことを考えるのが得意です。反王家の者たちは、予定通り網にかかっても、それ以外の……別の狙《ねら》いがある者はどうでしょうね？」

それって——。

「逃《に》がすな！　全員生かして捕《つか》まえろ！」

空気を切《き》り裂《さ》くような、一際《ひときわ》大きい怒号が同じ庭園内から聞こえた。

そうこうしているうちに、茂《しげ》みの中から次々と男が現れる。全部で三人。抜き身の剣を手にした男たちは、東屋にいる私の姿を見て取ると、迷うことなく向かってきた。

私の馬鹿《ばか》！　こんなことなら庭園を選ぶんじゃなかった！　事前に計画のことを知っていれば……！　でも後の祭りだよ！

私に実は……！　なんて戦闘能力《せんとうのうりょく》はない。兄と互角《ごかく》に戦えるはずのルストは余裕綽々で座《すわ》ったまま。足を組み、観戦する気満々に見える。戦力として期待できない……！

要するに、クリフォード一人対三人？

ど、どうしよう！　いくらクリフォードが強くても怪我《けが》するんじゃ……？　クリフォードの負担を減らすには？　私が下手《へた》に動くのは不味《まず》い？

「——殿下。生かしたままのほうが宜《よろ》しいですか？」

動揺する私をよそに、普段と変わらない調子のクリフォードに訊ねられる。

……そ、そうか！　こういうときに焦《あせ》っちゃ駄目《だめ》ってことだよね。クリフォードの質問は——生かしたまま……？

『全員生かして捕まえろ！』って、曲者を追っている側の人が言ってたっけ。

——平静に。落ち着いて。

「そうね。あなたに負担が及《およ》ばないようなら」

「承知しました。そこでお待ちください」

剣の柄《え》に触れていたクリフォードが、剣を鞘《さや》ごと腰から引き抜いた。

三人の男がどんどん近づいてくる。

私が生かしてって言ったせい？　鞘に入った剣を持ってはいるものの、抜こうとしないクリフォードを曲者たちが嘲笑《あざわら》った。

「クリフォード！　剣を抜き――」

私の言葉はそこで途切《とぎ》れた。

多勢に無勢。抜き身の剣を持った男たちと、鞘に入ったまま剣を抜かないクリフォード。

そういう状況下だったのに……映画のワンシーンみたいだった。

向かってきた三人を、クリフォードが一人ずつ、いとも容易《たやす》く確実に再起不能にしてゆく。クリフォードは剣を棒代わりに使っていた。それに体術を織り交ぜている。

人間離《にんげんばな》れした、無駄《むだ》のない動きだった。

クリフォードがそうだと知るまで、お話でしか聞いたことのなかった『従《じゅう》』。

これこそが、彼らが戦闘民族と形容されてきた所以《ゆえん》なんだって、思わされるような。

あっという間に、三人の曲者が苦痛に顔を歪めて地面に倒《たお》れた。息はある。血も流れていない。でも動けないのか、いずれも痛むのだろう箇所《かしょ》を押さえて呻《うめ》いている。短い戦闘の間に、曲者たちは武器を手放していた。

一応、危機は去ったはず。私はクリフォードに駆《か》け寄《よ》った。

「殿下。まだ――」

「怪我は？」

戦いっぷりは見ていた。動きが速すぎて追いきれなかったけど、圧勝だったのはわかる。

にしても、抜き身の剣を持った相手に剣を抜かないって危険すぎるでしょ！

「いえ」

白い衣装だから、血が出るような怪我をしたらすぐわかる。うん。大丈夫《だいじょうぶ》みたい。

「生かしたまま、とは言ったけれど、あなたが剣を抜かない理由にはならないわ」

「……申し訳ありません。うまく手加減できない恐れがありましたので」

「ご自分の護衛の騎士を心配なさるお気持ちはわかりますが、騎士殿の判断が正しいのでは？」

椅子に座ったままのルストの声が、割って入った。

「剣を抜けば、そこの曲者たちを生かしておけたか疑わしい。個人の技量《ぎりょう》の差はあなどれません。差がありすぎると、充分《じゅうぶん》に手を抜いたつもりで、相手に致命傷《ちめいしょう》を与えることも」

「わたくしの護衛の騎士を褒《ほ》めてくれてありがとう、とでも言うべきかしら？」

「ええ。殿下がどう飼い馴らしたにせよ、さすがは――」

さすがは、の後は独白《どくはく》のようで、ルストの喉《のど》の奥へと消える。一部だけは、聞き取れた。

……ししゃ。

シシャ？　固有名詞か、その一部？

これだけで意味が通じるなら、使者とか、死者？　どっちもしっくり来ないなあ……。

「――オクタヴィア殿下っ？」

曲者たちを追い、辿り着いた警備の一人が、大きな声をあげた。

34

「あの三名で最後です。外部からの侵入者はすべて捕縛完了《ほばくかんりょう》いたしました」

渋《しぶ》いイケメンが、東屋の椅子に腰掛《こしか》ける私へ一礼した。……礼にも個性が出る。この人のはカチッとしていて実直《じっちょく》な雰囲気。

……何故か。何故か私は、今回の計画における、庭園での現場責任者から現状報告を受けていた。この人にも計画ありきで私が準舞踏会に出席したって思われてるよ……！

でも、おかげで計画の内容が何となくわかった。

武装して外部から侵入する者、招待客たちの中に交じっている者。

罠にかける曲者たちは二種類。

あらかじめ会場内に招待客として忍《しの》び込《こ》んだ者がうまい具合に警備を手薄にしたと誤認《ごにん》させ、そうして用意された侵入経路が、『天空の楽園』の誇《ほこ》る庭だった。

ここでまず外部組の曲者たちが武装して侵入。その後、内部の仲間と合流、というのが敵側の目論見《もくろみ》。

だけど、彼らが仲間と合流することはない。庭園で一掃《いっそう》されてしまったから。

残るは、招待客として内部に潜《ひそ》んでいる曲者たち。いつまで経《た》っても事が起こらないのを怪《あや》しみ、何らかの尻尾《しっぽ》を出すはず――。

ということらしい。

現場責任者――警備用の制服を着用し、三十代後半ぐらいで、軍人！ といった感じの白髪《しらが》交《ま》じりの男性は、私が口を開くのを待っている。

……うん？ この人……。

「あなた、ナイトフェロー公爵の……？」

扇越《おうぎご》しに問いかけると、男性が少しだけ顔を綻《ほころ》ばせた。

「はい。閣下《かっか》にお仕《つか》えしております」

「やはり、そうなのね」

おお！ 当たった！ 男性と共に庭園へ集まった警備の中に、何回か見掛《みか》けたような顔が交じってる……？ と思ったのは間違《まちが》いじゃなかった！ 制服こそ会場のものだけど、ナイトフェロー公爵家の私兵が加わっているなら納得。

あと、閣下っていうの久しぶりに聞いたなあ……。おじ様、配下の方々に「閣下」って呼ばれて慕《した》われてるんだよね！

――と、金属がこすれる音が響《ひび》いて、私は発生源のほうを見た。

「……カンギナ産か？」

「よく見ろ、刃《やいば》に特徴がある。……これだけターヘン産だ」

「ターヘン？　一つだけ？　本物か？」

クリフォードに倒された三人は、続々とやって来た会場の警備により、拘束《こうそく》。彼らが地面に呻きながら転がるにいたった経緯《けいい》は、私からこの男性へ説明済み。

いまは曲者たちを移動させる前に、所持品が検《あらた》められているところ。

「王女殿下の御前《ごぜん》だと忘れたか？　私語は慎《つつし》め！」

責任者の男性が、曲者たちの武器を検分する部下たちへ鋭《するど》い一声を飛ばした。

「は！　失礼いたしました！」

「失礼いたしました！」

叱責《しっせき》を受け、立ち上がり敬礼した青年二人が姿勢を正す。口を閉ざし作業を再開した。

――こんなところでターヘンか……。

続々と出てくる暗器《あんき》が仕分けられてゆく様子を目にしながら、考える。

敵はかなりの下準備をしていたんだってことがわかる装備。しかも、『ターヘン産の武器』を持っていた？

絶滅危惧種並《ぜつめつききぐしゅな》みの『従《じゅう》』が多く住んでいたことと関係しているのか、ターヘンはかつて高性能な武器の産地だった。だけど技術が廃《すた》れてしまい、産業自体は残っているものの、現在で『ターヘン産の武器』といえば、主《おも》に過去に作られたものを指《さ》す。作りがひと味違うそうで、玄人《くろうと》なら大金を積んでも欲しがる代物《しろもの》らしい。

クリフォードが簡単に撃退《げきたい》したから弱そうに見えたけど、曲者三人って、もしかして普通に強かったり?

そして、ターヘンといえば原作の『ターヘン編』。シル様を取り巻くきな臭《くさ》い出来事の中で、ターヘンの名が何度も登場し、ついに舞台《ぶたい》もターヘンへ——という流れ。

「殿下。我々の不手際《ふてぎわ》により御身《おんみ》を危険に曝《さら》したことをお詫《わ》び申し上げます」

思考が中断される。責任者の男性が深く頭を下げていた。

ぎょっとした。いや、警備に穴を作って、庭園にわざと曲者を侵入させるっていう計画があるのに、その庭園内に王女がいるとは思わないよね!

「頭を上げてちょうだい。あなたたちの不手際などではないわ。曲者と遭遇《そうぐう》したのは、わたくしが勝手に行動した結果よ。——わたくしが計画の邪魔《じゃま》をしたのでなければ良いのだけれど」

そっちのが本気で心配です!

「邪魔などとは……。閣下、レディントン伯爵共に、くれぐれも殿下の行動を妨《さまた》げることなきようにと申し含《ふく》められております」

そ、そうだったんだ……。

もはや、私一人、蚊帳《かや》の外《そと》でしたー！　なんて言えない雰囲気……！

内心冷《ひ》や汗《あせ》ダラダラだった。

責任者である男性の声音が低くなる。

「とはいえ――殿下の身に危険が及ぶ恐れが高い場合は例外とする、とも命令されておりました。……そなたもそのはずだが？」

曲者たちが来たときも、倒された後も、傍観者《ぼうかんしゃ》に徹《てっ》していたルストへと、問いかけと同時に厳しい視線が向けられる。二人とも面識があるみたい。どうやらルストが「自分は伯爵側の人間」って言っていたのも事実らしい。

ただし、男性はおじ様側で、ルストはローザ様側、と。

「殿下に請《こ》われ、こちらまでご一緒しました。見解の相違《そうい》でしょう。私は殿下の身に危険が及ぶはずがない、と判断したまで」

足を組み、椅子の背もたれに背中を預けたルストが、悪びれず言葉を紡《つむ》ぐ。

「殿下を守るべき側でありながら、戦ったのは護衛の騎士殿のみと伺《うかが》った。敵が迫《せま》ったのにもかかわらずそなたが戦わなかったのはどう説明する？」

責任者の男性が、私の背後に控《ひか》えるクリフォードに目を向けてから、ルストを詰問《きつもん》した。

「丸腰《まるごし》だったもので。内通者として完全な招待客に扮《ふん》するため、無防備な状態の私が戦闘に参加するより、武器を持った本職の方に任せるのが最善では？」

「――何故丸腰だったのか、わたくしもぜひ訊《き》きたいわ」

ルストだって、万一に備えて武器の一つぐらい、持っていてもおかしくないよね。

一応……味方？　みたいだし――心理的に抵抗《ていこう》あるんだけど――ローザ様だって許可するはず。

あの青年そっくりな、琥珀色の瞳が、つかの間私の姿を捉《とら》える。ふい、とすぐに視線は外された。

「表向き、私は招待客として準舞踏会に参加しています、殿下。こちら側で動いているとはいえ、全容を知る者はわずか。何事も起こっていない段階で私が得物《えもの》など持っていると発覚しようものなら大騒《おおさわ》ぎになります。――見ただけで武器を隠し持《も》っていると看破《かんぱ》してしまう人間も、世の中には存在することですしね」

看破……デレクが武器持ちだって見破ったクリフォードのことか！　そういえば、デレクも計画のことはおじ様から聞いてたのかな？

「もちろん私も、曲者たちが現れたときは、武器があればと思いましたがね」

「……その割には、余裕《よゆう》だったようだけれど？」

「殿下の護衛の騎士殿がいらっしゃいましたから。気楽なものです。しかし――事は起こり、発覚を恐れる段階は過ぎました。丸腰では心許《こころもと》ない。ナイトフェロー公爵の部下殿。

武器を私に貸し与えてくださいませんか？」

いけしゃあしゃあとのたまったルストに、男性は首を横に振った。

「期待には添えん。レディントン伯爵は、あえて武器を持たぬ招待客としての役割をそなたに与えたということだろう。我々がそれを乱すことはできない」

「……わかりました。それでは自分の役割を貫《つらぬ》くとしましょうか」

さほど残念そうでもなく、ルストが引き下がる。頃合《ころあ》いを見計らったのか、警備の一人が男性に耳打ちした。検分は終わったようで、あの三人は荷物みたいに運び出されている。

「殿下」

部下に頷き返した責任者の男性が、私へと呼びかけた。

「私はこれから広間――閣下の元へ参りますが、殿下はいかがなさいますか？」

え？　おじ様？　自分で自分の目がキラキラと輝《かがや》くのがわかった。

「わたくしは……」

そりゃあ私もおじ様に会いに！

――だけど、ここで脳裏《のうり》をよぎったのが、曲者をあぶり出す計画のこと。

私って、どこにいるべき？

囮役として広間に行き、潜んでいる敵を引き寄せ、おじ様たちの手助けをすべきか。

それとも、庭園での失敗を胸に、おとなしく安全な場所で待機しているべきか。

迷ったときは、実際に関わっている人の意見を訊くべし！

「ナイトフェロー公爵とレディントン伯爵のやりやすいようにわたくしも行動するつもりよ。この場を公爵に任されている者として、わたくしへ望むことを言って欲しいわ」

私の希望としては、おじ様たちの手助け！　手助け！

「それは――御身を危険に曝しはしましたが、現在は庭園内の安全が確保されております。事態が収束するまでこちらに留《とど》まっていただければ、これほど幸いなことはありません」

待機……。そうかあ……。でも未練がましく私は訴《うった》えた。

「わたくしが広間へ戻り、囮役を務めるほうが計画のことを考えれば正しいのではないかしら？」

「招待客に交じった内通者が追《お》い詰《つ》められ、殿下へ危害を加える恐れが高まっている段階です。計画のためには正しくとも、殿下がご無理をなさることは……」

まだ何事も起こっていないときならともかく、いま私が下手《へた》に動くとリスクが高いってことだよね……。

おじ様に会う以外にも、自分の目で確かめたいことがあったんだけど、仕方ない。

「あなたの意見を聞き入れたほうが良さそうね。その代わり――」

ちょっとした頼み事をすることにした。

夕日は沈み、夜空には月と星々が輝いている。

星々の配置は前世で見慣れた地球から見えるものとは違うし、名称《めいしょう》は一緒なものの、あの月じゃない。この世界の月は満《み》ち欠《か》けしないから、いつも真《ま》ん円《まる》。

夜が訪れても、角灯という明かりで照らされた庭園内の視界に不自由はない。

クリフォードが曲者たちと戦闘を行った形跡《けいせき》は何一つなく、夜風に花々が揺《ゆ》れ、芳《かん》しい香《かお》りが東屋まで届く。

平和そのもの。遠目で見える距離に、責任者の男性が残していった部下が何人か連《つら》なって立っているのが物々しいぐらい。

それ以外は、曲者たちが襲《おそ》ってくる前と同様。

クリフォードが私の左後ろに控えていて、机を挟《はさ》んだ目の前には、ルスト。

庭園に留まることにした私は、とある所用を頼みたいと、責任者の男性に言った。

……念のため。何でもないって、私が安心したかったがための頼み事。

その頼み事をした警備は、精彩《せいさい》を欠いた表情で戻ってきたばかり。私の耳元へ、小声で報告がなされる。

「――このことをデレク様にお伝えして。いますぐ」

「は！」

走り去るその後ろ姿を見送り、興味深そうに私たちを眺めていたルストへ、私は切り出した。

「ルスト・バーン。……あなたは関与《かんよ》しているの？」

「曲者たちを捕縛する計画のことでしたら、殿下のため、尽力《じんりょく》いたしましたが？」

開いていた扇を、閉じる。

「とぼけるのは止《や》めなさい。あなたは、曲者たちがやって来る前『別の狙いがある者』と口にしたでしょう？」

「言いましたね」

「――シル様の所在が知れないわ」

「殿下はそんなことをあの警備に調べさせたのですか？」

「わたくしの代わりに、シル様が会場のどこにいるか、姿を確認《かくにん》して欲しいと頼んだわ」

でも、頼み事をした警備は、シル様を見つけられなかった。

――この準舞踏会で一番のイレギュラーは、シル様なんだよね。私が出席したことでも、それで反王家の曲者たちが動き出したことでもない。

反王家の曲者たちとは、また別の狙いのある者。

その狙いの対象が、シル様だったとしたら？

もやもやとした懸念《けねん》は、シル様の所在不明ではっきりとした形になった。そういう輩《やから》が、会場内に既《すで》にいるのかもしれないっていうことも。

デレクがシル様に気を配っているはずなのに、こんな風に姿を消すなんてこと……何かがあったとしか、考えられない。

私の気のせいだって、切り離して考えるのは難しい。

「わたくしが気づくようにわざと誘導《ゆうどう》したのでしょう？　……もう一度訊くわ。あなたも関与しているのではなくて？」

あんな風に思わせぶりに言われたら、私だって閃《ひらめ》くってもんですよ！

「殿下の杞憂《きゆう》では？　セリウス殿下の監視《かんし》の目から離れたのを良いことに少々開放的になり、どこかへ閉じこもっていたがため、警備も見つけられなかった可能性は？　そのような実例もあることですし」

準舞踏会で、誘拐《ゆうかい》だ何だって大騒ぎになった挙《あ》げ句《く》、当の本人が実は密室に閉じこもってずっとお楽しみ中だった、という一件は過去にあった。でも。

「シル様が、兄上以外の殿方《とのがた》と一時《ひととき》の戯《たわむ》れを？」

私は鼻で笑った。

それは、ない！

「仮に何者かに誘惑《ゆうわく》されたとして、シル様はそれを受けるような方ではないわ」

ピシッと閉じた扇をルストに向け、私が自信を持って断言したせいなのか。

「………」

ルストが琥珀色の目を瞠《みは》った。

原作のシル様がそうだったし！　現実のシル様も……兄抜きでたくさん言葉を交《か》わしたのは今日が初だけど、兄たちカップルを間近で見ていたもんね！

「純粋《じゅんすい》に、疑問なのですが」

「一体何が疑問なのかしら」

「殿下は、シル・バークスを排除《はいじょ》したいとはお思いにならないのですか？　人知れずバークスが消えれば目下《もっか》の憂《うれ》いも晴れることでしょう」

エスフィア王家の在《あ》り方について、ルストは私の立場に立った発言をした。

王が同性と婚姻《こんいん》する。そして王の姉妹《しまい》が次代の世継《よつ》ぎを産み――。

「……たとえシル様を無理矢理排除したとしても、根本は何も変わらないわ。目下の憂いが絶たれるだけでは」

その場しのぎにしかならないし、遺恨《いこん》残りまくりの最悪なやり方だと思う。

私だけが回避《かいひ》できても意味がない。万が一、兄が女性と結婚《けっこん》して私がお役御免《やくごめん》になったって、次世代でまた元《もと》の木阿弥《もくあみ》になったら？

「仮に、対立するようなことがあるとしても、わたくしはシル様――いいえ、兄上とは、表舞台《おもてぶたい》で正々堂々と戦うわ。このようなところでシル様が退場してしまうのは本意ではないのよ。……疑問は解消されたかしら？」

「ええ。殿下のお考えは、理解しました」

「そう。良かったわ」

出し抜《だぬ》けに、ルストが言った。

「――信じていただけるかどうかわかりませんが、私は関与していませんよ」

うん！　信じられません！

ルストの言葉には、続きがあった。

「ただ、シル・バークスを狙う者たちの動向を摑《つか》んだだけで」

「そのことを、レディントン伯爵には？」

「何故伝える必要が？　私は確かに伯爵に協力してはいますが、それはあくまでも反王家の曲者たちを捕まえる計画に対してのこと。私には何ら関係のない事象です」

「……あなたに、シル様を助ける義務はない、ということ？」

「それこそ、王城にいらっしゃるセリウス殿下の役目では？　もしくは、ご友人のデレク・ナイトフェロー様か」

「シル様の居場所に心当たりは？」

「ありますよ」

もったいぶることもなく、ルストが答える。

「教えなさい。それは、あなたも望むところでしょう」

私に糸口を与えたのは、ルストのほう。

「どうでしょうか。興味はありましたが。殿下がバークスを見捨てるか否《いな》か。……排除するために、準舞踏会へ連れてきたのかどうか」

なっ……！

絶句した。

——怖《こわ》！　シル様を狙う別口の計画を知った上で、私が親切ごかしてシル様を馬車に乗せたってこと？　どんな冷酷《れいこく》王女ですか！　濡《ぬ》れ衣濡《ぎぬ》れ衣！

ルストって陰《かげ》で暗躍《あんやく》するキャラクターではあったけど、思考がだいぶ悪の方向へ毒されてないっ？

「正直なところ、こうなるとは思っていませんでした。オクタヴィア殿下は、想像していた方とは違うようだ」

「……御託《ごたく》は充分よ。シル様の居場所をわたくしに教える気はあるの？」

数秒ほど、間が空《あ》いた。観察するかのような視線が刺《さ》さる。私は眉《まゆ》を顰《ひそ》めた。ルストに見られているから、じゃない。

……不思議だった。彼はこの東屋に着いてから、一度も——。

「シル・バークスを狙っているのは、おそらく『従』です」

居場所、ではなく、誰がシル様を狙っているのかを、ルストが告げた。

「敵が『従』でも、殿下はバークスの所在を知りたいと？」

35

「何故、『従』がシル様を？」

思い浮かんだのは、シル様の守りの指輪に彫《ほ》られていた文様《もんよう》。

私がクリフォードの『主』になったとき、右手の甲《こう》で輝いた『徴《しるし》』に似た、それ。

だからか、ルストの発言はどこか腑《ふ》に落ちるものがあった。

『従』が出てきたのは、シル様の生まれと何か、関係がある？

「『従』。――殿下は、これ自体には驚かないのですね。『従』など、我ながら胡散臭《うさんくさ》い話だと感じずにはいられませんが、もしや殿下にとっては違うのでしょうか？」

ルストが口元に笑みを浮かべる。

「…………」

くっ。失敗した……。クリフォードという本物が身近にいるから、『従』という単語がルストの口から出てきてもフツーにスルーしちゃってたけど、そうだった。

『従』って、まずは、いるかどうかかが疑われる。それぐらいの存在なんだよ……！

「『従』？　何を言っているの？」とか、突《つ》っ込《こ》みをすべき場面。『主』になる前の私だったら、間違いなくそうしていたと思う。

——でも、まだ挽回《ばんかい》できるはず。

扇を持ち直してパッと開く。表情の変化が見えにくいように顔に近づけた。さらなるヘマをしないよう、気合を入れ直す。うまくやって、シル様の居場所を聞き出さないと！

私は平静を装って口を開いた。

「わたくしにとっても、『従』は、おとぎ話の住人のようなものよ。けれど、それで話の腰を折るのは野暮《やぼ》というもの。荒唐無稽《こうとうむけい》な話であろうと、まずは耳を傾《かたむ》けるわ。あなたによれば、シル様を狙っているのは『従』なのでしょう？　だからそれを踏《ふ》まえ、何故、と訊ねたまでだわ」

はぐらかせた……と思いたい！

ルストからの反論がなかったのを幸いと、質問を繰《く》り返《かえ》す。

「何故、『従』がシル様を狙うのかしら？」

「さあ」

さあ？　さあって……。

「私は関与していないと申し上げたはず。私が知るのは、『従』がバークスを狙っているということ。そしてバークスがいるとおぼしき場所の二点です」

言葉に従い、二本の指が立てられる。

「先ほどのご質問は、バークスを狙う『従』本人にご自身でぶつけられてはどうですか？」

「……そうしたいものね」

「――簡単におっしゃる」

何故か、返ってきたその声音《こわね》には、隠しようのない冷ややかさが交じっていた。それでいて、顔に浮かんだ笑みは消えていない。

「ご存じですか？　その『従』ですが、彼らは謎《なぞ》の多い戦闘民族です。『主』を戴《いただ》く性質から、権力者たちがこぞって欲《ほっ》し、その挙《あ》げ句《く》減少の一途《いっと》を辿った悲運の民族。『主』を守るため、百人の敵を一人で屠《ほふ》った者がいたという話も。正攻法《せいこうほう》で勝つのは非常に難しい相手です」

語られたのは、『従』の強さを後世に知らしめる伝説の一つ。

「バークスを狙う『従』を邪魔すれば、当然敵と見なされるでしょう。殿下は『従』とどう戦うおつもりで？」

問いを発し、ルストは机に置いてあった青銀色の仮面を手に取った。

「たとえば――」

私へと微笑みかけると、唐突《とうとつ》に動く。

咄嗟《とっさ》に思ったのは、表情と行動がまったく一致《いっち》していない、ということ。

仮面を手に取ったのは、顔に装着するため、じゃあなかった。まるで武器代わり——仮面の尖《とが》った部分をルストは素早《すばや》く私へ向けた。彼は、丸腰だ。武器は隠し持っていない。でも、使い方次第《しだい》では、ただの金属製の仮面でも、人を傷つけることはできる。

——避けなきゃ。

咄嗟にそう思った。なのに、行動が追いつかない。

前世で、私が死んだ……ワゴン車が迫ってきたときみたいに。

目線と同じ高さで、凶器《きょうき》と化した仮面が、接近する。

一瞬か、数秒か。ほんのわずかな間の出来事が、スローモーションのように見えた。

あのときも、いまも。

だけど、仮面は、一気に遠ざかった。ぐいっと身体が引き上げられたからだった。

私を片手で抱《かか》え庇《かば》いながら、前に出たクリフォードが、引き抜いた長剣《ちょうけん》をルストの首元に突《つ》きつけていた。ちょっとでもクリフォードが位置を変えれば、血が流れる。本当に、スレスレの位置に。

そして、ルストが持った仮面は、私が座っていた場所へ到達《とうたつ》しようとしていた。

あとちょっと。……たぶん、私が座ったままだったら、首から上のどこかに仮面の尖った部分が接触していたかもしれない。ルストは力を入れて、素早く仮面を一閃《いっせん》させるだけでいい。

クリフォードもルストも、それ以上は動かない。膠着状態《こうちゃくじょうたい》を破ったのは、クリフォードの冷静な声だった。

「いかがなさいますか」

唾《つば》を呑《の》み込《こ》む。判断を下すのは、私だ。

長剣を構えるクリフォードの腕《うで》に手を伸《の》ばし、触れた。目線だけが、私へ落とされる。

「彼には、まだ話があるわ」

「——ならばこのままでお話しください。次にあの者が不審《ふしん》な動きをすれば斬《き》り捨《す》てます」

浅く頷く。それから、剣を突きつけられているルストを見た。

「そのつもりはあるのかしら。ルスト・バーン」

「これ以上の不審な動きを？　……いいえ？　私もまだ殺されたくはありません」

「あなたの行動を考えれば、そうは思えないわ」

「王族への反逆は大罪ですが——私にその意思がなかった場合は？」

「……意思が、なかった？」

「殿下への質問を、行動で示しただけのこと。——たとえば、の続きを申し上げましょうか？　たとえば、こんな風に、『従』が殿下へ攻撃《こうげき》してきたら？」

言い終えたルストが、ゆっくりと、手にしていた青銀色の仮面を、離した。軽い音を立て、それが机の端《はし》に落ちる。

「私には殺気もなかったはず。これに関しては、護衛の騎士殿も肯定《こうてい》してくださることでしょう」

「クリフォード。あなたの見立ては？」

「……嘘《うそ》ではありません。殺気の有無《うむ》が、重要とは思えませんが」

ルストを見据えたまま、クリフォードが答えた。

「万が一のときは、殿下を傷つける前に止めるつもりでしたよ」

対して、ルストが抗弁《こうべん》する。

「それに私が仮面で狙ったのは、厳密に言えば殿下ではありません」

「わたくしではない……ですって？」

いやいやいや、あのまま座っていたら、顔か頭辺りに仮面が到達してたよ！

「ええ。狙ったのは、殿下の御髪《おぐし》を飾る――リーシュランの花」

私は、二輪の白いリーシュランで作られた花飾りに手を近づけた。変わらず、髪に挿《さ》っている。

花飾りを狙った――。そういえば、スローモーションを体感していたとき、接近してくる仮面が見えた高さは、目線と同じだった。整合性は、ある。でも。

「わざわざ花飾りを？　王女が生花を飾るのはそれほどにおかしい？」

「………」


そのとき、ルストがはじめて私を見た。……そう。はじめてだった。

琥珀色のそれと、ようやく目が合った。

一度目に饗宴の間でルストの素顔《すがお》を見たとき――それで私はクソ忌々《いまいま》しい記憶と向き合うことになった――は、違ったと思う。なのに、庭園に着いて仮面を外してからは、ルストは私を極力見ないようにしていた。見返したとしても、すぐに視線を外す。だから、目が合うことはなかった。

そしていま。私を視界に捉えたまま、ルストの視線がやや、移動した。かすかに、琥珀色の目が細められる。見ているのは――リーシュランの、花飾り？


「……………イデアリア、」

ルストが呟《つぶや》いた。掠《かす》れた声で何かを言いかけて、呻く。


「イデアリア？」

誰かの、名前？


「いえ――」

答えようとしたルストが、痣のある左側の額を片手で押さえる。小さく悪態《あくたい》をついた。

時間にして、ほんの数秒。手を下ろすと、取り繕《とつくろ》うかのように言葉を紡ぐ。


「醜態《しゅうたい》をお見せしました」

「その痣、生まれつきだと言っていたけれど……」

生まれつきの身体的な特徴、というだけで、他にも何かありそうだった痣の曰《いわ》くは原作小説の既刊《きかん》分には書かれていない。

「痣は痣です。痛むわけではありません。ただの幻痛《げんつう》ですが――殿下がご覧になったように、少々苦労しています」

「きっかけがあれば、幻痛が？」

それって――リーシュランの花飾り？

饗宴の間を再訪したとき、私の姿を認めたルストは一瞬、固まった。あれも、私がリーシュランの花飾りを着けていたから？　仮面を外してからは、私を見ないように……。

ルストが嫌《いや》な笑い方をした。

「そうですね。きっかけとも言えます」

「……わたくしは、この花飾りを外すべきかしら」

「いいえ」

はっきりと、薄《うす》く笑いながらルストが答えた。本音なのか、判断ができない。

「オクタヴィア殿下は実にお優《やさ》しい。私の幻痛などどうでも良いことなのでは？　花飾りを狙ったのは、殿下ご自身を傷つけるつもりはなかったからです。しかし、私がしたことをもうお忘れですか？」

「あら、あなたは質問を行動で示しただけなのでしょう？」

殺意がなかったというのは、クリフォードが認めているぐらいだし、おそらく本当。寸《すん》止《ど》めにするつもりだったのかもしれない。――でも、一歩間違えば大逆罪《たいぎゃくざい》に問われるようなことを、わざわざ実行した理由があるはず。

「それで？『たとえば、こんな風に、「従」が殿下へ攻撃してきたら？』。その答えは、わかったのかしら」

ふ、と喉の奥を震わせて、ルストが否定した。

「答えなど、あらかじめわかっていましたよ。か弱い女性である殿下には、何もできない。『従』ですらない、本気でさえなかった、私相手であっても」

そうでしょう？

「…………」

言外に告げられた問いは、悔《くや》しいけど、その通り、だった。防いでくれたのは、クリフォード。私一人では、どうすることもできなかった。なら。

「それを、わざわざ証明したかった、とでも言うの？」

ううん。私に、わからせたかった？

「バークスを救いたい。素晴《すば》らしい心意気ですが、敵は『従』。よもや、か弱き女性であらせられる殿下が剣を取ることはないでしょう。戦うなどもってのほか。必然的に、代わりに誰かが戦うことになります。――しかし、大抵《たいてい》の人間にとって、『従』と戦えというのは、死ね、と命《めい》じるのと同義だとお忘れなく。いや、安全な高みに身を置き、人に死ねと簡単に命ずるのが王族でしたか？」

平坦《へいたん》に言葉を紡いだルストの顔に、冷笑《れいしょう》が浮かぶ。込められていたのは、侮蔑《ぶべつ》。

エスフィアの王女である私――王族への嫌悪感《けんおかん》がそこから伝わってきた。

根深さを、感じさせるもの。

今回、ルストは曲者を捕まえる側に回っていた。仮面を使って私を襲おうとしたのも、単なるポーズだったのかもしれない。だけど、原作でそう描《えが》かれていたように、反王家という立場に、変わりはないということが。

「あなたの主張は、理解したわ。……罪には問わない」

「誤《あやま》って剣を投げた弟を許してくださった殿下のことです。きっと、私の行為も許してくださると思っていました」

「――シル様の居場所を教えなさい。それが許す条件よ」

問題は、ルストしかシル様への手がかりがないということ。優先すべきは、ルストへの処罰《しょばつ》じゃない。

「お教えしますよ。殿下の本気を見せていただければ」

「……わたくしの本気？」

「自らシル・バークスの元に赴《おもむ》く愚行《ぐこう》を冒《おか》す気はおありですか？　であれば、そのことに対し敬意を払《はら》い、私もお付き合いしましょう」

「あなたが、案内してくれるということ？」

「それが最も確実では？」

私がシル様を捜しに、危険があるとわかっている場所へ飛び込む。まさに愚行。

おじ様たちの手は借りられない。止められるに決まっている。だけど、ルストは私が行かないと、きっと一切《いっさい》口を割らないし、案内もしない。

そうなったら、シル様は？

刻一刻と時間は経過している。

ルストの言う通りにしてシル様を助けに行ったところで、ミイラ取りがミイラになる展開しか見えないのなら、私も迷わない。むざむざそんなことはしない。

……でも、勝機があるなら？　『従』が敵でも、互角に戦える存在。その鍵は、私の側に。

「――クリフォード」

私は油断なく長剣を構え続けているクリフォードに呼びかけた。

『従』に、私は手も足も出ない。代わりに戦うことになるのは――。

「あなただったら、シル様を狙う『従』に勝てるかしら」

こちらを向いたクリフォードの口元が、わずかに綻《ほころ》んだ。

「殿下がご命令くだされば」

『従』が敵なら、『従』で対抗《たいこう》すればいい。単純明快《たんじゅんめいかい》。

でも、これで良いのか、二の足を踏みそうになる。『従』と戦え、というのは、死ね、と命じるのと同じこと。クリフォードなら、そんなことにならないとは思っているけど。

もしかしたら。

「殿下は、私を信用くださらないのですか？」

私の迷いを振《ふ》り払《はら》うように、クリフォードの声が降ってきた。

「……いいえ」

心持ち伏《ふ》せてしまっていた顔を上げる。濃《こ》い青い瞳が、視界に映る。

「では、どうぞご命令を」

「――『従』と戦うことになっても、必ず勝ちなさい」

「はい。必ず」

これで、覚悟《かくご》は決まった。

クリフォードがこう言ってくれたんだから、私は信じるのみ。

ルストの提案を、受け入れる。

「愚行を冒すわ。連れて行ってくれるのでしょうね？」

36

右手に開いた『黒扇』を持ち、顔にはにこやかな微笑《ほほえ》みを浮かべる。

私の左側を並んで歩くのは、仮面を着けたルスト。

迅速《じんそく》に、秘密裏《ひみつり》にシル様のところへ行くためには、そこに着くまで周囲に不自然に思われないこと。話しかけられて足止めを食うのも避けたい。

すれ違う招待客たちには、饗宴の間で出会い、交流を深めることにした男女、という風に見えているはず。ただし、片方は王女で、護衛の騎士を引き連れているけど。

私と行動している仮面の男――ルストが何者なのか。私たちを目撃《もくげき》した招待客は好奇心《こうきしん》をかき立てられるかもしれない。それでも、本当の目的を悟《さと》られるよりはマシだった。

――進むほど、楽団による演奏の音が、大きくなる。

この『天空の楽園』は、山腹にある。ふもとより上。

王城から馬車で一時間っていう距離もさることながら、そこそこ高所に建てられているという立地条件も、準舞踏会の会場として好まれている理由の一つ。

エスフィアの人々は、高いところを好む。

何故かというと、エスフィアでは天空神《てんくうしん》が一番有名な神様だから。空に近いほど素晴らしい的な考え。『天空』の名は伊達《だて》じゃない。

でも、ひとたび敷地《しきち》外に出てしまうと、近くの街までの一帯は木々が鬱蒼《うっそう》としげってい
る。

人の営《いとな》みを思わせるのは、整備された道ぐらい。曲者たちが潜伏《せんぷく》するにはもってこい。
日も落ちたならなおさら。

既に『天空の楽園』内にシル様はいないんじゃないか、とすら私は考えていた。

だけど、シル様の行方《ゆくえ》を知るルストに、外へ向かう様子はなかった。

安全のために庭園へ留《とど》まることになったはずが、突然それを覆《くつがえ》した自国の王女を警備
の人たちは当然止めようとした。

そこを、「わたくし、招待客のある方とお会いしなければならないのを思い出したの」
という言い訳で押《お》し通《とお》し——王女権力でごり押ししたとも言う——庭園を後にしたものの、
肝心《かんじん》の行き先は私にも不明なまま。

私が愚行を冒せば、ルストはシル様の居場所を教えると言った。

ただし、口頭で告げるつもりはなく——連れて行くことで。

ルストが外への出入り口を目指して方向転換することはなさそうだった。

つまりシル様は、『天空の楽園』のどこかにいる。

準舞踏会を楽しんでいる風に見えるよう心がけ、ルストの歩みに合わせる。

回廊《かいろう》を抜けて、広間を素通《すどお》りした。

角を曲がり細い通路に入る。すると招待客の姿が、顕著《けんちょ》に減った。それから、階段を上《のぼ》る。

この先は――。

唇《くちびる》を引き結び、チラリと隣《となり》で歩くルストの横顔を私は見上げた。

「ご心配なさらずとも、バークスの元まではお連れしますよ」

私の視線に気づいたらしいルストが、そんなことを言った。

仮面を着けているせいで、その表情はわからない。でも、たぶんリーシュランの花飾りを見ないようにしているんだと思う。

「この先にあるのは、一つだわ」

「――『天空の楽園』がエスフィア王家所有の建物だったからこそ、いまも残る場所。殿下には縁《えん》の深いところでは？」

「……『空の間』ね」

上り終えた階段の先には、『空の間』という部屋しかない。円を描いたような曲線状の通路をぐるりと巡《めぐ》って、ようやく入り口である扉《とびら》に辿り着く。

そして、性質上、準舞踏会中であるかそうでないかにかかわらず開放されてはいない。

青色を基調として統一された『空の間』は、壁と天井《てんじょう》に朝、昼、夜と三つの空が描かれている。壮観《そうかん》なのが夜空で、真っ暗にするとプラネタリウムみたいに星が輝く仕組み。

部屋の中には、玉座《ぎょくざ》が一つ。それもそのはず。この『天空の楽園』は、かつてエスフィア王家のものだった。さらにいえば、手放したのは、あのウス王。

元々は天空神にちなんで造られ、王家の離宮《りきゅう》として利用されていた。

特にウス王は、王城ではなくこちらに好んで滞在《たいざい》したといわれているほど。かなり気に入っていたらしいのに、没《ぼっ》する前年に家臣へ報奨《ほうしょう》として建物ごと下賜《かし》した。

——「王家へ返還《へんかん》することは許さず」、「玉座の間には手を加えるべからず」と言い添えて。

その理由の一つは、後の王が「やっぱアレなし！　無効！　返して！」と無茶ぶりするのを防ぐため。もう一つは、ウス王が離宮で最も愛した場所が玉座の間だったため、と解《かい》釈《しゃく》されている。

それから数百年、巡り巡って離宮は貸出ホールに大変身を遂《と》げた。

現在の持ち主は、私の育ての母（男）であるエドガー様と縁の深い商会。

特上品ばかり揃《そろ》えているから、『天空の楽園』と命名された。

これは高い場所に建っている立地も、建物それ自体のことも含む言葉。

貸出ホールになっても歴史的な価値は消えていない。

ウス王の名は偉大《いだい》で、離宮時代から『空の間』という別名で親しまれていた玉座の間は、いまも厳重に当時のまま保全されている。

普段、『空の間』の扉は固く閉ざされているし、外にも中にも一人ずつ警備が配置されている。一度入ったら円形状の通路の他に外へ出る手段はないため、下手をしたら閉じ込《と こ》められてしまう。たとえば、包囲の上、大勢で突入《とつにゅう》されたら一巻の終わり。

どうして、そんな場所に？

「――本当に『空の間』に、シル様が？」

「ええ。『空の間』にバークスはいるはずです」

もしシル様が『空の間』にいるなら、警備から伝わってしかるべきだし、あそこに人が隠れられるような場所はない。

「殿下は『空の間』へお入りになられたことは？」

「一度だけあるわ」

だから、内部がどうなっているかも知っている。王城探険のノリで、アレクを誘ったことがある。アレクは大回廊《だいかいろう》が好きだから、『空の間』にも興味があるんじゃないかなって。

でも、本当は乗り気じゃなかったのに、私に付き合ってくれてたんだよね……。

中に入ってすぐに、アレクは真っ青になって具合を悪くしてしまった。

「一度だけ？」

ルストが私のほうを向いた。

「何故一度だけなのです？」

——それは。

『姉上。「空の間」には、行かないでください』

具合の悪くなったアレクに付《つ》き添《そ》って、青が美しいその部屋を出て……離れようとしたとき。俯《うつむ》き、私の腕を摑んでアレクが口走った言葉が、気にかかっていたから。

『どうしたの？　アレク』

『……申し訳ありません、姉上。おかしなことを、言いました』

顔を上げたアレクは、すぐにそう撤回《てっかい》したんだけど。

どうしてかすごく不安そうで、いまにも泣き出しそうだった。アレクにそんな顔をさせてまで行くほど、『空の間』にこだわりがあったわけじゃない。

だから、入ったことがあるのは一度だけ。

「王族ならば、『空の間』を頻繁《ひんぱん》に訪れる義務があるとでも？」

「いいえ。——しかし、ウス王は何故、この離宮を手放したのでしょうね。子孫《しそん》である殿下はどう思われますか？」

「それはいま、重要なことかしら？」

「いいえ？」

口元だけで、ルストが笑う。その笑みが、すっと消えた。

円形状の通路を一周し、『空の間』の入り口である扉が見えた。だけど。

──警備の姿が、ない。

これも会場側の手筈《てはず》通り、なんて思えない。『空の間』で、何かが起こっている。

「これはこれは。護衛の騎士殿に戦ってもらう手間が省《はぶ》けましたね」

軽口を叩《たた》くかのように、ルストが言った。

「……この事態は、あなたにとっては想定外だったということ？」

「私の予想では、警備がそこの扉を守っているはずでした。ただし、『偽の警備』が」

じゃあ、その偽の警備がいないってことは、向こう──『従』の計画に支障が生じた？

「バークスが善戦《ぜんせん》したのかもしれませんよ。──何にせよ、この扉を開ければはっきりするでしょう」

ルストによって、誘うかのように青い両開きの扉が示される。

私の頭の中でアレクの顔が思い浮かんだ。

自分がいない間に私が『空の間』に入ったって知ったら、悲しむかもしれない。自分から危険に飛び込むような真似《まね》をしていることも。

でも──シル様の安否《あんぴ》がかかってる。それに、一人で立ち向かうわけじゃない。

「クリフォード」

その名前を呼ぶ。

「は」

口に出さなくても、意図は伝わっていた。

扉の前にクリフォードが立つ。

そして、躊躇《ためら》うことなく、片方の扉を押し開けた。

――次の瞬間、腰の長剣が引き抜かれる。

庭園のときの比ではない、剣と剣が交差し、ぶつかり合う音が響《ひび》き渡《わた》った。

『空の間』から、クリフォードに攻撃を仕掛《しか》けたのは――。

「デレク様？」

私の呆然《ぼうぜん》とした呟きが聞こえたのか、デレクがこちらを見た。クリフォードに視線を戻し、ため息をついたようだった。

デレクの剣が下ろされる。

「何故オクタヴィア様がここに――、……？」

私の顔を見て、訝《いぶか》しげに眉根《まゆね》を寄せる。

な、何？

「……誰かと、何かありましたか？」

心配そうに、尋《たず》ねられた。

まさか、泣いた痕跡《こんせき》を隠蔽《いんぺい》する化粧直しが、見抜《みぬ》かれてる？

――ううん。

鏡で確認した。『天空の楽園』の使用人による、職人芸の域の化粧直しは完璧。デレクが異様に目敏《めざと》いんだよこれ！　おじ様譲《ゆず》りの気配り……もとい目敏さがここに！

……でも、泣いたってバレたくはない。

「気分を変えて、生花を髪に飾ってみたの。それに合わせて化粧直しをしただけよ」

「…………」

瞬《まばた》きしたデレクが、口を開きかけ、思い直したように一度閉じてから再度開いた。

「リーシュランの花を、ですか。まあ、オクタヴィア様らしいといえばそうですが」

「デレク様。わたくしより、問題はシル様よ」

「シルのことを伝えにきた警備には、オクタヴィア様への言《こと》づてを頼んでおいたんですが――」

「行《い》き違《ちが》いになったようね」

「……どうやら、そのようですね」

デレクが深く嘆息《たんそく》する。

「その言づての内容とは？」

「動かないでください、と」

おとなしくしていろってことだよね。私だって、本来ならそれで否《いな》やはない。

美しい青色で統一された部屋の中央には、玉座が一つ。

先客は、デレクの他に二人。

——『偽の警備』が気絶していた。

聞くと、シル様を捜して『空の間』にやって来たデレクは、この偽の警備に襲われた。

ただ、最初から彼らに疑いを持っていたため、有利に事を運べたという。

両者とも、会場の一般《いっぱん》警備用の制服を着用し、装備している長剣も特有の刻印の入ったものだった。

にもかかわらず、デレクが疑いを持った理由は、二つ。

一人は、左耳に赤く腫《は》れた三つの痕《あと》があったこと。……カンギナ人の伝統様式である、円形の耳飾りを急場しのぎで取ったかのような。

王城でもそうだけど、『空の間』みたいな重要な場所を守る場合、警備に外国人は採用されない。外国人でもエスフィアに帰属していれば別とはいえ……『我こそカンギナ人』の意味になる耳飾りの痕があるのでは、その線は薄い。

そして、そのカンギナ人らしい警備と、ごく自然にもう一人が話していたこと。

中で二人を倒したところへ、やって来たのが私たちだった。

「その偽物《にせもの》たちですが、たいしたことは吐《は》きませんでした。誰も通すな、と言われた以外に重要なことは知らされていなかったようですね」

貴公子然とした姿はそのままに、長剣を片手に、いまにも舌打ちしそうな勢いでデレクが偽の警備を見下ろしている。

話を聞いて、ほんの少しだけデレクを疑っていた部分があったのが、氷解《ひょうかい》してゆく。

デレクがシル様の味方だって思ってはいるんだけど、シル様の行方を追って、当のシル様が見つからないまま、デレクと『空の間』で遭遇したことが疑う要因になっていた。

それに――クリフォードだとわかっても、すぐには攻撃を止めなかったことも。

……あれ、でもデレクもシル様を捜して、なのは良いとして、なんで『空の間』に来れたんだろ。

「ところで、その者は？」

ふいに、デレクが問いを発した。必要性を感じていないからなのか、顔に社交用の笑みはない。にこりともせず仮面姿のルストを見据えている。

「この準舞踏会で、反王家の曲者たちを捕《と》らえる計画があったでしょう？　その、協力者よ。ローザ様の元で働いているわ」

「ああ。父が何やら張り切っていると思ったらそれですか」

あれ。おじ様ってデレクにも教えてなかったの？

「ナイトフェロー公爵は、デレク様に計画を黙《だま》っていたということ？」

デレク、実は私と同じ知らされていない仲間だった？

「邪魔はするなとは言《い》い含《ふく》められていましたがね」

それだけで通じるんだ……。

「詳細は、互《たが》いに知らないほうが良いこともあります。――それで、レディントン伯爵のために働いているはずの者が、オクタヴィア様と行動を共にしているのは何故でしょうか？　レディントン伯爵の意とは思えませんし――仮面で顔を隠している理由も知りたいものですが」

私が口を開くより早く、ルストが答えた。

「一つ目の質問に対しては、私がシル・バークスの居場所に心当たりがあるからですよ。ナイトフェロー次期公爵。二つ目の質問に対しては――バークスを狙う『従』に顔を覚えられたくないもので」

「……『従』？」

デレクの顔が険しくなる。

「――ルスト・バーン。わたくしは愚行を冒しているわ」

続きそうな二人の会話に、私は割って入った。『空の間』にいたのがデレクだったから、まずはデレクの話を聞く必要があった。まだ途中だけど――先にルストに確認しなければならないことがある。

「ええ。本気を見せていただいている最中ですね」

「――その代わり、あなたはわたくしをシル様の元へ案内する。そしてあなたが連れてきたのはここ。けれど、シル様はいないわ」

シル様どころか、シル様がいた痕跡すらない。

話が違う。

「シル様はどこ？」

動じることなく、ルストがゆっくりと口を開いた。

「『空の間』に。その可能性を疑って、ナイトフェロー次期公爵はここを訪れたのでは？」

もう一人のアレクシス

――姉上を殺す夢を見る。


その夢の中の姉は、銀色の髪《かみ》と優《やさ》しい水色の瞳《ひとみ》の持ち主ではない。

髪の色は、同じ銀髪《ぎんぱつ》でも、濃淡《のうたん》が違《ちが》う。瞳の色も、彼女《かのじょ》のそれは碧色《みどりいろ》だ。

けれども、自分はその人を姉だと思っている。

彼女は女王だった。

そして自分は、女王を殺すのだ。

自分――弟に致命傷《ちめいしょう》を負わされたはずの彼女は、命の灯火《ともしび》を失いながらも、かすかに笑った。「よくやった」と、その言葉の代わりであるかのように、弟の頰《ほお》に手を添《そ》えた。

……それが、最期《さいご》だ。

手が、力なく滑《すべ》り落《お》ちる。

『姉上……』

冷えてゆくばかりの亡骸《なきがら》を、自分が揺《ゆ》さぶる。もう、姉の反応はない。

『姉上！』

自分のせいで、王冠《おうかん》を戴《いただ》いていた暗い色合いの銀髪が乱れるだけだ。
『どうしてですか……！　どうして、俺《おれ》を』
揺さぶり続ける。何の意味もない行為《こうい》だというのに。
そうすることで、奪《うば》った命が復活すると、信じているかのように。
けれども、奇跡《きせき》は起きない。
――いつだって。
『……っ！』
亡骸を抱《だ》きしめ、髪に顔を埋《うず》める。
『――おめでとうございます。殿下《でんか》。いいえ、陛下《へいか》』
そんな自分へ、話しかける男がいた。
男の姿は、ここに辿《たど》り着《つ》くまでに斬《き》り捨《す》てた人間の数を物語る赤に塗《まみ》れている。
だが、それは自分も同様だった。青一色の――姉が最も愛した部屋を汚《けが》すかのように、
姉の流した血に塗れている。
『……俺は、王になどならない』
『姉君の願いを、無下《むげ》になさるおつもりか』
睨《にら》みつけると、男は血塗れの剣《けん》を下ろし、自分へ向かい拝礼していた。
『……やめろ』

『新王の誕生をお喜び申し上げます。──ウス王陛下』

『……黙《だま》れ、アルダートン！』

──ウス王。かつての、偉大《いだい》なる王と同じ名で、夢の中の自分は呼ばれていた。

『喜ぶ？　何が、めでたい』

自分が、吐《は》き捨《す》てた。

『姉上を殺し、何が……！』

めでたいというのだ。

『だからこそ、あなたはその責任を取らなければならない。女王の即位《そくい》で乱れたこの国を、次の王となるあなたが』

正せ、というのか。

『そんなもの……！』

ぎりっと奥歯《おくば》を嚙《か》みしめる。

姉の願いは知っている。姉は、最期まで女王だった。国を、民《たみ》を、愛していたのだ。

──だが。

腹の底から、どす黒いものが這《は》い上《あ》がってくるのを感じた。

どうして俺が、この国を愛せる？　この俺が。疎《うと》まれた王子だった自分が。

唯一《ゆいいつ》の、救いだった姉を殺させた、国を。

──馬鹿《ばか》な。

腕《うで》の中にある、姉の、血の通わない身体《からだ》を見下ろす。

血の雫《しずく》が一滴《いってき》、白くなったその顔についていた。

拭《ふ》き取《と》らなければ、と思う。指の腹で拭《ぬぐ》う。拭ったはずが──血は、ますます姉の顔に広がった。拭った自分の手こそが、血で汚《よご》れていたからだ。

顔が、歪《ゆが》む。

──書物が好きだった。寝食《しんしょく》を忘れ城の書庫に閉じこもっては、よく姉に怒《おこ》られた。書物から学んだ、夢物語と笑われるような理想を抱《いだ》いていた。人と人は、話し合いで理解し合える。和解し合えるのだと。

──戦いなど嫌《きら》いだった。血も、血の色も嫌いだった。

だから、姉の『従《じゅう》』も嫌いだった。『従』は戦いを生業《なりわい》にする。

それなのに、いまや、戦いも、血の赤も、自分にとって身近なものだ。

『姉上……』

どうしてこうなったのだろう。

──どうして自分は、姉を殺さなければならなかったのだろう。

うと思った。

自分は臣下《しんか》に下り、女王に即位した姉を支える。姉がエスフィアを愛するなら、支えよ

輝《かがや》かしい未来が、広がっているはずだった。

——簡単に想像できる。

ウス王として即位した自分に、驚喜《きようき》する民の姿が。

姉の即位式で、国民は歓声《かんせい》と祝福の声をあげていた。まったく同じ人間たちが、女王を称賛していたその口で、掌《てのひら》を返した。

まるで最初から、女王の統治には反対していたと言わんばかりに。

自然災害は天空神《てんくうしん》の怒《いか》りだ。悪いことは何もかも、女王が倒《たお》れれば治《おさ》まる。

そんな扇動《せんどう》に流され、踊《おど》らされ——最も自分たちを愛していた為政者《いせいしや》を信じずに、民は蜂起《ほうき》した。……だから、こうなった。こうするしか、なくなった。

民に、愚者《ぐしや》にいくら愛を注《そそ》いだところで、相手は愚者なのだ。愚《おろ》かさに気づくことはない。踊らされたままの愚者に、話し合いなど望むべくもない。

そんな者たちに、生《い》き永《なが》らえる価値があるのか。

『……ればいい』

溢《あふ》れる感情と共に吐き出された言葉は、掠《かす》れていた。

エスフィアなど、滅《ほろ》びればいい。

いいや、俺が。

――滅ぼしてやる。

必ず。


額に手を置き、頭を何度も振《ふ》る。幾度《いくど》となく見ている夢に、アレクシスは顔をしかめた。

しかし、白昼夢《はくちゅうむ》として見たのはこれがはじめてだった。

ひどく、気分が悪い。これを見た後は、いつも無性《むしょう》に渇《かわ》きを覚える。

水差しに手を伸《の》ばし、行儀《ぎょうぎ》も忘れ、そのまま注ぎ口から水を飲んだ。水が喉《のど》を潤《うるお》し――

ほんの少しだけ、渇きが治まったような錯覚《さっかく》に囚《とら》われる。渇きは、水では満たされない。

水差しを持ったまま、もう片方の手の甲《てのこう》で口元を拭う。

「姉上……」

気づけば、夢の中の自分のように、アレクシスは姉を呼んでいた。

姉姫《あねひめ》であるオクタヴィアの姿を見れば、この渇きは消える。

夢の自分は、姉を殺した。あの夢の後の世界には、どこにも存在しない。

現実では、アレクシスの姉は、生きている。存在している。

これは、夢の自分に引きずられた、喪失《そうしつ》への渇きなのだ。

——どうして、こんな夢を、と。

はじめは戸惑《とまど》った。

——姉上を傷つけようなんて、思ったことはないのに。

夢の中の自分が、どうやらあの『ウス王』らしいのも、困惑《こんわく》を強めるだけだった。

内容も、違和感《いわかん》のあるものだった。夢を信じるなら、あれは『ウス王』誕生の瞬間《しゅんかん》だ。

女王である姉を殺し、自分が王となる。その場には、アルダートンと呼ばれる男がいる。……事実と偽《いつわ》りが巧妙《こうみよう》に混ざり合ったものだった。

——実際の歴史では、ウス王は、彼の父から王位を受《う》け継《つ》いだ。そして、アルダートン伯爵《はくしやく》に蜂起された側だ。

アルダートン伯爵は、武勇の貴族。年齢《ねんれい》も若く、新王として即位まもないウス王にただでさえ不満を持っていた彼は、意見の衝突《しようとつ》から武器を取り、退位を迫《せま》った。

だが蜂起は失敗に終わる。

ウス王は寛容《かんよう》さを示し、伯爵を中枢《ちゆうすう》から遠ざけたが、命を取ることはしなかった。

いまも伯爵家として在《あ》り続け——今代《こんだい》では、オクタヴィアの護衛《ごえい》の騎士《きし》を出している。

クリフォード・アルダートンを。

苦々しさに、アレクシスは水差しを乱暴に置いた。陶器《とうき》が悲鳴をあげる。

——夢と事実は、まるで違う。

何より、エスフィアは滅びていない。むしろ、ウス王を経《へ》たからこそ、繁栄《はんえい》し続けている。

だというのに、夢のウス王は、国を憎悪《ぞうお》していた。

もし、夢のほうが真実だったのなら。

——エスフィアが滅んでいないことこそ、おかしい。

現実はその逆ではないか。

記録されているウス王像は、国のために生きた王そのものだ。治政もそれを物語っている。

だから夢のほうをこそ真実だとは、言いがたい。

自分こそがウス王であったかのような夢の断片《だんぺん》が、ひどく生々しいものであっても。

夢のウス王とアレクシスには、共通点があった。

夢の姉とオクタヴィア。自分にとってのその存在が、とても似通《にかよ》っていること。

ウス王も、王家の中で浮《う》いた人間だったこと。

唯一、姉だけが家族と呼べる存在だったのだ。それなのに、自らの手で——。

「——私は、ウス王のようにはならない」

己《おのれ》に言い聞かせるように呟《つぶや》く。

夢の自分――あのウス王のように、姉を失ってしまう失敗は。

――渇きが治まらない。

密旨《みつし》を果たし、できるだけ早く王城へ戻《もど》らなければならない。

宿の個室の窓辺にアレクシスは近寄った。予定では、明日から野営になる。早く目的地へ到着《とうちゃく》するために、アレクシスが言い出したことだった。

目的地――ターヘン。

夢の中ではウス王として、訪《おとず》れたことがある。カンギナとの戦争中、激戦の地となったターヘンへ。ただし決着をつけることは叶《かな》わず、カンギナとは協定を結び停戦した。

この夢の断片でも、ウス王がカンギナと戦ったのは決してエスフィアのためではない。

そんな気持ちは、露《つゆ》ほどもなかった。

――姉の『従』を殺すため。

もちろん、アレクシスがターヘンへ赴《おもむ》く理由は異なる。

『ターヘンに視察へ行け。お前の目と耳で見たことを報告せよ。アレクシス』

『兄上ではなく、私が？』

『セリウスでは目立ちすぎる』

『しかし、父……陛下』
『お前が行くことが、オクタヴィアのためにもなる』
『――密旨をお受けいたします。陛下』
はじめて、父が自らアレクシスへ大任を命《めい》じたからだ。
嬉《うれ》しかった。期待には応《こた》えたい。姉のためになるならば、なおさら。成果を出せば――
父が自分に向ける目も、変わるかもしれない。
だが――ウス王の夢に感化された自分がこうも囁《ささや》く。
父王には他に、どんな意図がある？　と。
拒否《きょひ》すべき、だったのかもしれない。城を離《はな》れたいまになって、不安が肥大《ひだい》している。
寄りかかった窓辺から眺《なが》める夜空には、星々が輝いていた。
その光景が、夢の――青の内装に彩《いろど》られた偽りの夜空と被《かぶ》る。
アレクシスは目を閉じた。
「……不安なのは、姉上が、『天空《てんくう》の楽園《らくえん》』にいるからだ」
いまこの時間、オクタヴィアは準舞踏会《じゅんぶとうかい》に出席しているはずだ。
会場は、『天空の楽園』。
貴族が準舞踏会を開くのに、これほど相応《ふさわ》しい場所はない。気配りも行き届いている。

姉が出席を決めたのなら、止める明確な理由はない。密旨がなければ、自分がオクタヴィアをエスコートしたかった。もう姉に守られているだけの子どもではない。自分が守る番だ。

——間違《まちが》っても、姉上があそこに近づいたりしないように。

一度だけ、一緒《いっしょ》にあの部屋へ入った。

一度で充分《じゅうぶん》だった。夢の通りにあの先があるならば——行きたくはない。オクタヴィアにも、行って欲《ほ》しくはない。

夢がそう思わせているだけなのだとは、わかっている。

何も起こらないのだとしても、宿にいる自分が、歯がゆい。

扉《とびら》が叩《たた》かれ、アレクシスは目を開けた。

「誰《だれ》だ」

誰何《すいか》する。

「ランダルです」

声は、確かに自分が引き上げた騎士《きし》、ランダルのものだった。話し方に不自然な乱れもない。そこまで判断してからアレクシスは許可を出した。

「入れ」

「——失礼いたします。報告に参りました」

「話せ」

扉を閉じ、ランダルが話し出す。

「密旨の供として陛下の選ばれた方々に、疑わしい動きは見られません。殿下のお姿を見、不埒《ふらち》な考えにいたった輩《やから》が数名、この宿に滞在《たいざい》しておりましたが、彼らに排除《はいじょ》されていました」

「不埒な考えというのは——私を王子と知ってのことか?」

ランダルが言葉を濁《にご》す。

「いえ……。第二王子というご身分は漏《も》れてはいませんでした」

「わかった。もういい」

忌々《いまいま》しいことに、いまだ少年期にある自分の容姿が、ある種の男たちに好まれるということは理解している。部下の選別にも苦労するほどだ。

側近《そっきん》にするなら、自分へ性的な目を向けてくることがなく、優秀《ゆうしゅう》な者がいい。ランダルはこの二つの条件を満たしていた。——平民出、というのが問題だったが。

それでも、身分より重視する前記の二つを優先すると、数が多いだけあって平民が人材として残りやすい。

アレクシスは基本的に平民に重きを置いていない。

王族としての教育を受けたからではない。同じ王族でも、兄のセリウスは平民への考え方が違っている。商人だったエドガーと結婚《けっこん》した父王もおそらくはそうだろう。

――オクタヴィアも。もっと平民と関わりたがっている……身分を窮屈《きゅうくつ》に感じているようだ、と思うことがある。

何故《なぜ》自分だけがこうなのか。

夢の影響《えいきょう》だという自覚はあった。

――ウス王は国民をいっそ憎《にく》んですらいた。国民の大多数を占《し》めるのは平民だ。容易《たやす》く扇動され、見事に踊ったのも平民の集団。そうして、自分たちの行いを都合良く忘れ去る。どうして信用できる。慈《いつく》しめる。

愚者に権利など必要か？　――不要だ。

平民にも例外がある？　そんなことは知っている。その上で、アレクシスの根本的な考えが覆《くつがえ》ることはなかった。例外には例外として接するだけだ。

「アレクシス殿下、警戒《けいかい》は続けられますか？」

「続けろ」

「は」

顎《あご》を引いたランダルが、一礼し退出した。ランダルはするべきでない質問を口に出すことはない。

「――父上が、私を殺そうとしているのではないか、と」

アレクシス以外、誰もいない部屋で、自分にしか聞こえないようなささやかな音量で声に出す。

何故、国王自らが第二王子の供につけた信頼《しんらい》の厚い人間たちを、当の王子が疑っているのか。何を恐《おそ》れているのか。

――夢の中では、ウス王は自分だ。だから、その顔を、表情を見ることはできない。

だが、あるとき、アレクシスはその夢で、叩き割られた鏡に映ったウス王の姿を見た。金髪《きんぱつ》に、琥珀色《こはくいろ》の瞳。顔立ちはアレクシスとも父王とも、セリウスやオクタヴィアとも似ていない。

ただ――瞳に宿る光に、既視感《きしかん》があった。疑問は解消されないまま、夕食の時間になった。そのとき、父の無関心な様を見て、はっとした。

あれは、父王が何度か自分へ向けた眼差《まなざ》しと酷似《こくじ》している。父はアレクシスに関心がない。

だからこそ、数えるほどしか向けられたことのなかったその眼差しが、余計に心に刻まれていた。奥深《おくふか》くに隠《かく》している、沈《しず》め損《そこ》ねたものが、ふと浮《う》かび上《あ》がったかのような――。

「憎悪《ぞうお》だ」

わからなかった。自分が生まれた経緯《けいい》は、知っている。

望まれぬ誕生だったからなのか。それは、憎まれるほどなのか。

「でも、父上」

この場にはいない父王に向かって、呼びかける。

「それなら――私の実母も、憎むべきなのではありませんか」

母子共に憎まれていたのならば、アレクシスも納得《なっとく》できただろう。

……違ったのだ。

父王は、少なくとも、一夜の関係を持った母のことは憎んでいない。父の顔に浮かんだ表情は、アレクシスの実母を、被害者《ひがいしゃ》だと、そう考えているかのようだった。

アレクシスは、実母と会ったことはない。ただし、その姿を見たことはある。声を聞いたこともある。このことは、誰にも知られていない。

『陛下。お目汚しすることをお許しください。私の姿はさぞやご不快でしょう』

『――不快などではない。……あの夜は、気づけずにすまなかった。詫《わ》びねばならぬのは、わたしのほうだ』

実母が内々に登城すると、城内の者たちが陰で話していたのを聞いて部屋を抜《ぬ》け出《だ》した。そして盗《ぬす》み見《み》た二人の間で、交《か》わされた言葉。

険悪な雰囲気《ふんいき》などなかった。実の両親の仲が、悪くなどなかった。

喜ぶべきだろうことが、アレクシスには喜べなかった。

母が父に受け入れられているなら――何故、自分は疎《うと》まれているのか。憎まれるほどに。

『──の墓前に……も、宜《よろ》しい……か？』

『それは──い。エドガーに……』

切れ切れに聞こえてくる会話に耳を塞《ふさ》ぎ、父母に背を向けて、アレクシスは大回廊《だいかいろう》に逃《に》げた。

大回廊は好きな場所だったからだ。──自分は。

夢のウス王は、唾棄《だき》していた。

『アレク、やっぱりここにいたのね。あなたの護衛《ごえい》の騎士が捜していたのよ』

装飾《そうしょく》彫刻《ちょうこく》を足場にして、大回廊の柱の一つに登り、中ほどにある窪《くぼ》みで身体を縮こまらせていると、下から声がした。身体が大きくなり、十四歳《さい》になったアレクシスでは、もう隠れられない場所だ。いまよりもっと小さかったからできた。

『あねうえ……？』

覗《のぞ》き込《こ》むと、大好きな姉が──オクタヴィアがこちらを見上げていた。

『お部屋に帰りましょう？』

『いやだ……』

見つけたのがオクタヴィアだったから、あのとき自分は駄々《だだ》をこねた。

姉は、困った顔をした。だが、それも一瞬《いっしゅん》のことだった。

『なら、わたくしの部屋に帰るのは？』

『姉上の……？』

『そうよ。お話をして、今夜は一緒の寝台《しんだい》で眠《ねむ》るの。いい考えでしょう？　――降りてきてちょうだい、アレク』

『……うん』

姉の提案に、動き出す。だが、普段《ふだん》ならしない失敗を自分はした。足場を間違えて、大分降りていたとはいえ、落ちたのだ。

アレクシスを受け止めたのは、硬《かた》く冷たい石床の感触《かんしょく》ではなかった。柔《やわ》らかくあたたかいものに乗っていた。自分は、姉を下敷《したじ》きにしていた。ひやりとする。

『あ、姉上っ？』

上半身を起こしたオクタヴィアが笑った。

『びっくりしたわ。間に合って良かった。大丈夫《だいじょうぶ》？　アレク？』

安心した自分は、頷《うなず》くことしかできなかった。

『そんな顔をしないで。わたくしは平気よ？』

『ごめんなさい……』

『アレク……？』

『姉上……あねうえは、ぼくをきらいになりませんか？』

俯《うつむ》いたままだった。父の憎悪に満ちた眼差しを思い出す。夢の自分が――ウス王が、国へ抱いていたものと、同質の。

『アレクは頭が良《い》いのに、変なところで馬鹿ね。わたくしがアレクを嫌うわけがないわ。大切な弟だもの。……アレクしか』

最後に付け加えられた言葉が気になって、顔を上げる。しかし恐《おそ》る恐《おそ》る見たオクタヴィアは、優しい笑《え》みを浮かべていた。頭を撫《な》でられる。

くしゃりと自分の顔が歪《ゆが》んだのがわかった。

『ぼくも、姉上が大切です。きらうことなんて、ない。大切な、姉上です』

たとえ父に憎まれていようとも、驚《おどろ》くほど普通《ふつう》に愛情を注いでくれるオクタヴィアがいた。


——ウス王が、姉を殺す夢。


夢の中と同じ過《あやま》ちは、繰《く》り返《かえ》さない。

最後の最後で、ウス王は、自分の望みではなく、姉の望みを優先し、叶えた。

——そして彼女は、生きて欲しいというウス王の望みを、拒絶《きょぜつ》した。

国を、弟に託《たく》すために。そんなもの、当の弟は欲しくなどなかったのに。

ウス王は、自分の望みを通すべきだった。

目を閉じれば、惨劇《さんげき》とは場違《ばちが》いな、美しい青が痛みと共に思《おも》い浮《う》かぶ。

夢で、その舞台《ぶたい》となったのは、いまは『天空の楽園』と呼ばれ、王族の手を離れている建物。エスフィア王家がかつて有していた離宮《りきゅう》にある。

――本当の、『空の間』。

37

デレクに同意を求めたかと思いきや、ルストはすぐに私のほうを向いた。

「ということですので、オクタヴィア殿下《でんか》。この部屋に手を加える……調べる許しを私にくださいますか？」

青銀色の仮面のせいで、ルストが何を考えているのかを、全体の表情から推測《すいそく》することはできない。ここに来て、焦燥感《しょうそうかん》が増していた。

心を落ち着けるため、私は『黒扇《こくせん》』を開いた。

こんなときこそふわふわ！　……よし、大丈夫《だいじょうぶ》。

「何が、ということ、なのかしら」

「『玉座《ぎょくざ》の間には手を加えるべからず』。この離宮《りきゅう》を下賜《かし》した際に、ウス王が残した言葉は長い間守られてきました。私の行動は、それに反することになるでしょう。王家に弓を引くような不届き者ならば意に介《かい》さずとも、私は曲者《くせもの》ではありません。……禁《きん》を破ることは恐《おそ》ろしいのです」

反王家のルストが、弓を引くことを恐れる？

「……だから？」

仮面を着けていても、ルストの口角《こうかく》が上がったのがはっきりとわかる。

「だからこそ、せめてオクタヴィア殿下のお許しを。でなくば、ウス王に代わり国王陛下《へいか》や——現在の『天空《てんくう》の楽園《らくえん》』の所有者は、王妃《おうひ》殿下であられるエドガー様、と言っても過言ではない以上——お二人に罰《ばっ》せられることになってしまいます」

「シル様を助けるためだとしても、陛下とエドガー様はそれを考慮《こうりょ》しないと言いたいの？」

「歴史を顧《かえり》みれば確実に。たとえば先王陛下は、王太子《おうたいし》だった時分のイーノック陛下が——」

ルストが笑《え》みを消して、片手を広げ、『空の間』の内部を示した。

「この部屋へ秘密裏《ひみつり》に入室したというだけで、厳しい処罰《しょばつ》を下されたとか」

入っただけで？　少なくとも、私の場合はそんなこと——。いやいや、アレクと来たとき、私も許可は取ってたっけ。別に秘密裏に、じゃなかった。

「再度伺《うかが》います、殿下。私に禁を犯《おか》す許しを頂けますか？」

はっきりしていることがある。ルスト自身は、禁を犯すことなんて、恐れていない。なのに、あえてこんな問いを投げかける意味は。

「——これも、あなたがわたくしに要求する覚悟《かくご》のうちというわけね？」

愚行《ぐこう》に愚行を重ねるかどうかの。

「オクタヴィア様」

険《けわ》しさを孕《はら》んだまま、成り行きを見守っていたデレクが、私の名前を呼ぶ。言葉をさらに続けることはなく、ただ首を左右に振《ふ》った。……止《や》めておけって言っているんだろうと思う。

私は『黒扇』の持ち手を握《にぎ》りしめた。もう一度、『空の間』の中を見渡《みわた》す。

部屋に用いられている色彩《しきさい》は青。格調の高さを感じる。エスフィア王家の紋章《もんしょう》も描《えが》かれているし。そして、あるのは玉座《ぎょくざ》が一つだけ、というシンプルすぎるもの。

他には気絶している偽警備《にせけいび》が二人。立っているのは、私とクリフォード、先客だったデレク、案内役のルスト。

誰《だれ》かいないか探そうにも——身を潜《ひそ》められるような場所が存在しないんだよね。

でも、シル様が『空の間』にいるというルストの言葉が嘘《うそ》でないのなら。

この部屋には私の知らない未知の何かがあるってこと。

——玉座の間には手を加えるべからず。

それが明らかになることは、王家として歓迎《かんげい》できないことなのかもしれない。王女である私も、たぶん応じるべきじゃない。

シル様を見つけたいという気持ちは同じなはずのデレクでも、反対するぐらい。

だけど——。

扇を閉じて、ルストを直視する。

「許すわ」

シル様の危機と天秤《てんびん》にかければ、どっちを選ぶかなんて決まってる！

ここですごすご引き下がったら女がすたる。たとえシル様に何事もなかったとしても、絶対後味の悪さを抱《いだ》いて後悔《こうかい》する。もし、あのときって。

「そうでなけば、何もする気はないのでしょう？　ルスト・バーン。この部屋であなたが行うことはすべて、第一王女たるわたくしの許しあってのことよ。——責任はわたくしに。これで良《い》いわね？」

どうだ！　文句《もんく》はないはず。

「さあ。どうしたの？　禁を犯しなさい」

催促《さいそく》すると、ルストは仰々《ぎょうぎょう》しく一礼した。

「——では、オクタヴィア殿下の仰《おお》せのままに」

笑みを浮《う》かべたまま、垂れた頭《こうべ》を上げる。

そして、『空の間』唯一《ゆいいつ》の調度品である玉座へと歩き出した。

金色に輝《かがや》く玉座は、何も色だけじゃない。背もたれ、肘掛《ひじか》け、座面、脚《あし》……全パーツ純金製。座《すわ》り心地《ごこち》は悪そうだけど、ウス王時代の栄華《えいが》を思わせる贅沢品《ぜいたくひん》。部屋のシンプルさを玉座が補《おぎな》ってあまりあるともいえる。

で、金って見た目に反してかなり重い！

『空の間』の玉座には、金の延《の》べ棒《ぼう》でいうところの十本や二十本は軽く使われている。そう簡単には動かせない――はずなのに。

あらかじめ存在を知っていなければ。もしくは、玉座を念入りに調べなければ到底《とうてい》わからないようなところに、仕掛《しか》けがあった。

ルストはそれをいとも容易《たやす》く作動させた。

人力では数人がかりでしか動かせないような玉座が、生き物のように移動を開始した。同時に独特の音が響《ひび》き出す。アレクの出立《しゅったつ》を見送ったとき、歯車室からの操作で門が上がったときと似ている。原理は同じなのかもしれない。

『空の間』が、廊下《ろうか》をぐるっと回ってしか入れないような構造になっているのも、このため?

音が止《や》む。玉座が、消えた。

玉座のあった場所には、ぽっかりと空《あ》いた空間が。

アレクの顔が、思《おも》い浮《う》かぶ。「空の間には行かないで欲《ほ》しい」と、具合を悪くしながら、そう言ったときの。

――どこかへと続いているんだろう、下へ伸《の》びた階段が見えた。

その様は、私に王城の隠《かく》し通路を連想させた。軽い気持ちで足を踏《ふ》み入《い》れると、蟻《あり》の巣《す》のように張《は》り巡《めぐ》らされたたくさんの分岐点《ぶんきてん》で方向感覚を失うことになる。やっとどこかの部屋に出たと思ったら、放置されていた隠し部屋で行き止まりだったり。最悪、遭難《そうなん》なんてこともあり得る。

あれって、危急時の脱出用《だつしゅつよう》として造られたものの、逆に賊《ぞく》の侵入《しんにゅう》に使われたりして年月を重ねる間に複雑さを足していった結果なんだよね。

ごくりと唾《つば》を呑《の》み込《こ》む。

『天空の楽園』は、元は王家所有の離宮。しかも、王として畏敬《いけい》の念を抱かれながら、敵も多かったウス王が好んでいた場所。隠し通路が眠《ねむ》っていたとしてもおかしくはない。

……つまり、内部の、迷路《めいろ》状態も？

「――この先の案内も、あなたはできるということ？　広がっているのが、地図を要するような空間であっても」

「地図ならば、ここに」

ルストが人差し指で、自分の頭を指差した。

「申し上げたでしょう？　殿下自らが赴《おもむ》くならば、私もお付き合いしてバークスの元にお連れする、と」

「……道理《どうり》で、案内が必要になるわけね」

いくら厳重な警備態勢を敷《し》いていようと、予備知識がなければ見つけようがない入り口と、その先に広がる隠し通路。

むしろ、『空の間』なんて、ある種の聖域。最後の最後でやっと捜索対象《そうさくたいしょう》に入るような場所。認識《にんしき》されていないなら、そこに在《あ》っても、存在しないも同然なんだ。

「さながら、玉座は蓋《ふた》でしょうか？　入室が制限され、通常は監視《かんし》の目がある上、入れたところでわざわざ玉座に触《ふ》れようとする者はいない」

「仮に触れたところで、玉座は動くはずもない、というわけね？　……仕掛けを知らなければ」

「仕掛けを知っていても、それだけでは無駄《むだ》です。正攻法《せいこうほう》では、この部屋に入ること自体が難しい。曲者たちのように計画を練《ね》るか。——入るだけならば、地位が高ければ高いほど、容易《ようい》にはなるでしょうが」

仕掛けを知っているだけでも、『空の間』へ入れるだけでも駄目《だめ》。

……王太子だった頃《ころ》の父上が秘密裏にここへ来たのって？　もしかして父上も、この入り口を知っている？

——待って。これって何のために残しているんだろう？

たぶん、ウス王時代からある仕掛け。

ウス王は、この入り口を見つけて欲しくなかった——んだよね？

でも、それなら臣下《しんか》に下げ渡すにしろ、何も言わずに入り口を完全に塞《ふさ》いでおけばいいんだし、そもそも手放すよりは、王家所有のままにしておけば良かったはず。

案の定、今日まで仕掛けが残っていたから、シル様を狙《ねら》う『従《じゅう》』にまんまと利用されて……？

……じゃあ、『従』は、どうして。

「しかし――奇妙《きみょう》ですね」

自分が出現させた入り口を見下ろし、ルストが呟《つぶや》いた。その呟きは、私の耳にはどこか残念そうに聞こえた。

「何を、期待していたのかしら？」

「期待など滅相《めっそう》もない。ただ、あの音です。少なくとも、この入り口の先にいる曲者には、予定外に仕掛けが動かされたことがわかったでしょう。――何人かはこちらに向かってくると思っていたのですが。現に、護衛《ごえい》の騎士殿《きしどの》やナイトフェロー次期公爵《こうしゃく》は、それに備えておられますしね？」

た、確かに……！

クリフォードもデレクも、いつでも戦闘《せんとう》に移行できるように体勢を整えていた。ついでに立っている位置も異なっている！

新しく現れた入り口のことで頭が一杯《いっぱい》になっていた私とは大違《おおちが》いだった。ていうか。

「……危険を予期していたにしては、あなたは自然体なのね」

「丸腰《まるごし》の私は逃《に》げるだけですので。戦いはお二人にお任せしますよ」

ひらひらと手を振り、軽く言ってのける。

その間も、誰かが階段を駆《か》け上《あ》がって確認《かくにん》しにきそうな様子はない。

「曲者たちの間でも……予期せぬことが起こったのかもしれないわね」

こっちの動きに、人手を割《さ》けないような。

だったら私たちに追い風！　これに乗じて通路へ踏み込むべし。

シル様の元へ急ごう、と私がまさに口にしようとしたとき。

「予期せぬ……。ナイトフェロー次期公爵がここにいらっしゃったように？」

含《ふく》むところがある物言いで、ルストがデレクへと水を向けた。

「──何が言いたい？」

デレクが冷ややかに問い返す。

「バークスを捜《さが》して、この『空の間』へやって来た理由は？　もちろん、その判断は正しかったといえるでしょう。しかしそれが可能な人間は限られる。心当たり──私のように情報を摑《つか》んだか。あるいは」

自身が、曲者の一味であるか。

「警備に扮《ふん》した偽物《にせもの》たちを倒《たお》したのがわたしだということは、都合良く忘却《ぼうきゃく》するのか？」

「それこそ、曲者同士の間で起こった予期せぬ出来事だったのでは？　否定されるのであれば、何故《なぜ》よりにもよってここへバークスを捜しに訪《おとず》れたのか、ご説明願いたいものですね」

ルストはもっともらしく言葉を重ねた。

どうしてデレクが『空の間』に来れたのかって謎《なぞ》は、そういえば残ったままだ。

「この先へ殿下をご案内するのはやぶさかではありません。しかし、背後から斬《き》りかかられるような危険性がある人物とご一緒《いっしょ》するのは避《さ》けたいものです。殿下はナイトフェロー次期公爵を疑わしくお思いにはなりませんか？」

「……思わないわ」

いや、さっきちょっとだけ疑ったりもしたけど。

「それはそれは」

「敵か味方かでいえば、デレク様はシル様の味方でしょう。——曲者の一味であるより、心当たりがあった可能性のほうが高いはずよ」

シル様を狙っているのが『従』だと聞いて驚《おどろ》いていたから、ルストとはまた別のルートから当たりをつけた、とか。立場上、言えないような情報源なのかもしれないし。

デレクが深く息を吐《は》いた。

「オクタヴィア様にはご説明いたします」

そして、私へ向かって口を開いた。

「我《わ》がナイトフェロー公爵家は王家と縁《えん》が深く、真贋《しんがん》問わず、様々な情報が集まります。時には、王家以上の。わたしも父ほどではありませんが、それらの情報に触れることができます。……『空の間』に隠されたものがあることは、以前から知っていました。それを踏まえて『天空の楽園』の現在の見取り図を見ると、幾《いく》つか不自然な箇所《かしょ》が目につきます。……だからといって、『空の間』を調べることなど事実上不可能でしたが」

「それだけで、バークスと『空の間』を結びつけたと？　ナイトフェロー次期公爵は異様に勘《かん》の鋭《するど》い方のようだ」

「——結びつけたのは、『空の間』と父の動向だ」

茶々を入れたルストに対し、端的《たんてき》にデレクが答える。

「……ナイトフェロー公爵の？」

思わず私は呟いていた。

え？　おじ様？

動揺《どうよう》した私を見、躊躇《ためら》うようにしてから、デレクは続けた。

「今日の準舞踏会《じゅんぶとうかい》で、父が何事か仕掛けようとしているのは予想していました。我が公爵家からもかなりの人員が割《さ》かれていましたしね。それに、レディントン伯爵《はくしゃく》に武器を所持する許可を頂戴《ちょうだい》した際、会場の警備態制を知る機会を得ました。……通常の準舞踏会よりも厳重でしたよ。配置を考えたのは父でしょう。ただ、引《ひ》っ掛《か》かった点が二つありました。一つは、妙《みょう》に庭園の警備が薄《うす》いことです。――誰かに侵入してくれと言わんばかりに」

「それは……」

「ええ。先ほどオクタヴィア様に伺いました。反王家の曲者たちを捕《つか》まえるため、父たちが仕掛けた罠《わな》。そんなことだろうとこちらに関してはさほど問題視していませんでしたが、引っ掛かりが大きかったのは、もう一つのほうです」

「もう一つ？」

一旦《いったん》、言葉が切られる。

「――『空の間』に関する警備が、増員もなく、通常通りだったことが、です。しかし父の性格上、これはあり得ない」

デレクが断言した。

「本来は警備を強化すべき場所です。『空の間』に関する情報を所持しているナイトフェロー公爵家当主なら。にもかかわらず、それを怠《おこた》ったのは故意《こい》としか考えられません。……もっとも、準舞踏会が平穏《へいおん》無事に何事もなく終わったのなら、わたしの杞憂《きゆう》で済みました」

でも途中《とちゅう》で、シル様が、いなくなった。

「シルが見つからないと知り、わたしが真っ先にここへ向かった理由は、会場内と比較《ひかく》して、巧妙《こうみょう》にここの警備が手薄《てうす》だったからです。現に」

苦々しげに、デレクが視線を、入《い》れ替《か》わっていた偽の警備二人へと投げる。

「この事態は、父なら防ぐこともできました。にもかかわらず、『空の間』が悪用されやすいよう、あえてそのままにしておいたとしか思えない」

「なるほど」

感心したかのようにルストが相づちを打った。

「おじ様は……」

何を考えて？

公爵呼びすら、私の頭からは吹《ふ》き飛《と》んでいた。

「——勘違《かんちが》いなさらないでください。わたしの見る限り、父がオクタヴィア様の敵に回ることはありません。疑わしく思えるような行動があったとしても、オクタヴィア様を害するような事態は避けるはずです。ただし、他の人間に対しては必ずしもそうではない。……それに、警備の穴に関しては、あくまでわたしの見立てです。父には父の言い分があるでしょう」

「……そう、ね」

頷《うなず》く。

うん。わかった。おじ様の考えは、おじ様に訊《き》け。

シル様を無事見つけて、おじ様に会う！

デレクが、ルストへ呼びかけた。

「これでわたしへの疑いは晴れたか？」

「次期公爵に安心して背中を預けることができそうです。お詫《わ》び申し上げます。――さて、オクタヴィア殿下。バークスの元へは、ナイトフェロー次期公爵もお連れするということで宜《よろ》しいですか？」

了承《りょうしょう》しかけて、一応確認を取る。

「どうなさいますか？　デレク様」

「目的は同じです。本音を言えば、オクタヴィア様が行くべきではないと思いますが――」

ルストに視線をやり、デレクがため息をついた。『空の間』に目星をつけたまでは良いものの、デレクもこの後は行き当たりばったりで動くしかない。

不本意でも、ルスト頼《だよ》りという状況《じょうきょう》。そしてルストが協力しているのは、シル様のところへ私自身が赴《おもむ》くという条件あってのこと。

これまでのやり取りで、それをデレクも読み取ったようだった。ただし、ルストへの当初からの不審《ふしん》の色は消えていない。

「エスフィア王家に仕《つか》える臣下として、ご一緒しないわけには参りません」

デレクが、その場で臣下の礼を取った。

「――微力《びりょく》ながら助力いたします」

38

玉座にあった仕掛けで現れた、隠し通路。

その入り口から、緩《ゆる》やかな、かなりの段数の階段を下りきると道は三方向に分かれた。

どの通路も幅《はば》が広く、高さがある。一人しか通れないような細い道とは違う。

地下……『天空の楽園』の立地からして、山中に掘《ほ》ってあるトンネルみたいな感じかも。

モグラの穴の人工版。

大人数が通ることを想定されてる……？　軍事目的の意味合いもあったのかもしれない。

通路の壁《かべ》には暗闇《くらやみ》で光る特性を持つ石が使用されていた。白い石壁《いしかべ》が仄《ほの》かに発光し、視界を助けてくれる。これは、王城の隠し通路と同じ仕様だ。松明《たいまつ》や角灯《かくとう》を持《も》ち込《こ》まなくても進んでいける。暗いといえば暗いけど、近ければ互《たが》いの表情もわかるぐらいで、歩くのに支障《ししょう》はない。

にしても——。

歩きながら、ちょっと息を吸い込んでみる。

……うん。埃臭《ほこりくさ》さやかび臭さがあまりない。

私も王城の隠し通路なら歩いたことがある。現役《げんえき》で使用されているところはともかく、放棄《ほうき》された区画に入り込んだときは途方《とほう》に暮れたもの。

アレクと一緒だったから頑張《がんば》ったけど！　空気が振動《しんどう》するだけで堆《うずたか》く降り積もった埃が舞《ま》い上《あ》がり、二人とも咳《せき》が止まらなくなった。

……それと比べると、ウス王時代から放置されていたにしては、この隠し通路は綺麗《きれい》すぎる。ルストがそういう――シル様へと繋《つな》がる道を進んでいるにしても。

シル様を狙う輩《やから》が使いやすようにわざわざ掃除《そうじ》をした？

でも、実際に歩いてみてわかることだけど、ずっと閉ざされていた場所を急いで掃除しましたって風ではないんだよね。

考えてみれば、数百年前の仕掛けが残っていたとしても、それがちゃんと問題なくいまでも作動するのって変、なんだ。

まるで、定期的に人が訪れて、今日まできちんと管理されていたかのような。

――一方通行なのに。

玉座の仕掛けには、癖《くせ》があった。

『空の間』側からは、道を開くことも閉じることも可能。両方の操作ができる。

ところが、隠し通路側からできるのは閉じることだけ。

王城にも、同じトラップが仕込《しこ》まれている扉《とびら》があって、私はものの見事に嵌《は》まった。すぐそこに通ってきた扉があるのに、どうやっても開かない絶望感は半端《はんぱ》ない。

ただ、ルストによると、ここの場合は『空の間』以外にも出入り口があるらしい。その上で、『空の間』の仕掛けを動かすのが一番確実だとも。

他の出入り口があるにしても、たぶん、地図があってはじめて迷わないで行ける、ぐらいのものなんだと思う。

……シル様はどんな状況で隠し通路に入ることになったんだろう？

先導するルストの背中を見つめる。

ルストが私たちをシル様の元へ案内する、ということに関しては信じるとしても、何らかの思惑《おもわく》はあると考えるべき、だよね。

気を引きしめて、歩き続ける。

動きやすいドレスと踵《かかと》の低い靴《くつ》のおかげで、速度があってもついていけている。

ルストに続く二番手なのが私。クリフォードは私の右隣《みぎどなり》で、デレクが左隣《ひだりどなり》。

弱点となるのは私なわけで、防御態勢《ぼうぎょたいせい》を重視してこういう配置になった。背後より、進行方向からの危険性のほうがより高いと踏んでのこと。

いまのところ、隠し通路に響くのは私たちの足音のみ。

突然《とつぜん》誰かが飛び出してくる、みたいな感じはしない。空気は冷たく、静か。

ただ、こういうことに関しては私の見方は当てにならない。

こういうときは……クリフォードの様子から判断！

右隣のクリフォードを窺《うかが》ってみる。

……いつも通りだった。剣《けん》にも手はかかっていない。

誰か他の人間――もし『従』の気配を察知したなら即《そく》動くだろうから、いまのところ危険は迫《せま》っていなさそう。

とはいえ、いざというときのために指示を仰《あお》いでおいたほうが？

でも、安全そうではあってまだ敵地にいるようなものだし、話しかけることで注意をそいだり音を出すのはなあ……。

「――どうかされましたか？」

と、薄暗《うすぐら》い視界の中、クリフォードが顔をこちらに向けた。目が合う。

私が窺っていたから、察してくれた、のかな。

思いきって、口を開く。

「いま、あなたと話しても問題ないかしら？　いつ曲者が現れるともしれないわ」

「問題ありません。私に話とは？」

「……わたくしがどうしていればクリフォードは戦いやすいのかしら。訊《き》いておきたかったのよ。わたくしは戦えないでしょう？」

その辺の戦術《せんじゅつ》指南《しなん》を求む！　戦闘が始まってしまえば、私は何をどうやっても足手まとい。邪魔《じゃま》にならないように隅《すみ》っこに全力疾走《ぜんりょくしっそう》しろ、とか。すべきことがあらかじめわかっていればお荷物さ加減を軽減できると思うんだけど！

「それならば、普段《ふだん》の護衛時と同じように。殿下はお好きなようになさってください」

私の気負いとは裏腹に、クリフォードからは予想外の答えが返ってきた。

「……わたくしの、好きなように？」

「はい」

そ、それはどうなんだろう。

「たとえば敵にわたくしが向かっていったとしたら？　あなたは困るのではない？」

そんな怖《こわ》いことしないけど！

「その前に私が敵を倒します。殿下が私に合わせる必要はありません。私が殿下に合わせて戦います。ですから、お好きなように。――無論、指示を出していただければそのように」

……あ。勘が働いた。わかったかも。これってたぶん、別に無鉄砲《むてっぽう》な行動をしろってことじゃなくて……。

「わたくしが、あなたを有効に使え、と言うのね？」

小さく、クリフォードの口元が笑みを形作ったように見えた。

しかし理解したは良いものの――これって結局クリフォード頼《だの》み？　なんて思っていたら、前のほうから声がした。

「護衛の騎士の鑑《かがみ》ですね。恐《おそ》れ入《い》りました。敵に『従』がいようが、護衛の騎士殿にとっては通常時と変わりはない、と」

振《ふ》り返《かえ》りはせず、ルストが会話に交《ま》じる。

「護衛の騎士殿は良くても、ナイトフェロー次期公爵は『従』と剣を交えることに関してどのようにお考えでしょう？」

「考えたところで、事態に変化が訪れるのか？」

質問で返したデレクに、

「確かに、バークスを狙っているのが『従』だという事実は動きませんね」

と、ルストが笑い交じりに締《し》めくくった。すると考え込むように顎《あご》に左手を当てたデレクが、私を見た。真剣《しんけん》な顔つきで問いを口にする。

「『従』がこの一件に関わっているというのは、事実ですか？」

『空の間』で、ルストが『従』について言及《げんきゅう》したとき、デレクは疑問の声をあげ、険《けわ》しい顔をしていた。だけど、これに関しては、うやむやになっていたんだよね。

「……ルストによると、そのようね。信じるも信じないも、デレク様の自由よ」

「――オクタヴィア様は、『従』の関与《かんよ》を？」

脳裏《のうり》をちらついたのは、シル様の守りの指輪に刻まれた文様《もんよう》だった。あれがあるから、あり得ないと笑い飛ばすことはできなかった。

「そこの男の言葉以外にも、オクタヴィア様には『従』が関与していると信じるに足る根拠《こんきょ》が？」

デレクが問いを重ねる。そこで、ん？　と思った。

『従』がシル様を狙っているか否《いな》か、のほうに比重が置かれてる？　『従』がいるってことに対しては、そもそも最初からデレクは疑問を持ってない？

「──デレク様は、『従』について何かご存じなの？」

「サザ神教《しんきょう》の……いえ」

言葉を紡《つむ》ぎかけたデレクが思い直したように口を噤《つぐ》む。

サザ神教？　サザ神教と『従』？　……駄目だ。原作知識を呼び起こしても、この二つの関連性は思い浮かばないし、オクタヴィアとしての人生で得た知識の中にも結びつくような出来事はない。

「確証が持てれば、いずれお話しします」

すごく気にはなっても、こう言われてしまえば頷くしかなかった。

──『従』、か。組み合わせでいえば、ここと『従』の繋がりも不思議なんだ。

『空の間』で、隠し通路へ続く入り口が現れたとき、どうしてって、思ったんだよね。

「『従』は、何故」

疑問は呟きとなってこぼれ出た。

「何故？」

前を行くルストが私の呟きを繰《く》り返《かえ》す。

「玉座の仕掛け、この隠し通路……。シル様を狙った『従』は何故これらのことを知り得たのかしら？」

もしかしたら、国王である父上は知っていたかもしれない。それと、ナイトフェロー公爵家……おじ様も。これはわかる。知っていてもおかしくはないと思う。

アレクの顔も思い浮かんだけど、かぶりを振って、思考を戻《もど》す。

でも、『従』は？　国王でもないし、長く王家と密接な関係にある公爵家でもない。

そう簡単に入手できるような情報じゃないはず。

隠し通路に人の手が入っているようなのと、関係がある？

「『従』がウス王に仕えていたからでは？」

まことしやかに語《かた》り継《つ》がれている、ある一説をルストが唱《とな》えた。

「『従』は仲間意識が強いと聞いたことがあります。情報が共有され、何らかの理由でいまの時代まで受《う》け継《つ》がれていたならば？」

「……そうかしら？　『従』がウス王に仕え、重用《ちょうよう》されていたという証拠《しょうこ》はないわ。『従』に対してのウス王の姿勢は、その反対でしょう」

伝記のウス王物語を熟読し、歓喜《かんき》した腐女子《ふじょし》魂《だましい》の赴くまま、ウス王関連の書物を読みあさった私に死角はな――あるかもしれないけど、ルストの説に同意はできなかった。『従』が仕えたって、要するにウス王が『主』だったたって意味することになるんだよね。

これは、ないと思う。

ウス王は、エスフィアで中興《ちゅうこう》の祖《そ》として讃《たた》えられている。

ただし、即位《そくい》初期と、それ以後。二つの時期で、評価が正反対に分かれる王。

讃えられているのは、主に初期以後の治政《ちせい》。

即位初期の頃は家臣に『従』もいて、ウス王は重用していたって俗説《ぞくせつ》がある。

いわゆる伝説的な王や英雄《えいゆう》に『従』が仕えていたっていうのは、後世で脚色《きゃくしょく》された場合がほとんど。

何もエスフィアだけのことじゃない。

文学少女で私の友達でもあるシシィに翻訳《ほんやく》してもらった隣国《りんごく》カンギナの古い英雄譚《えいゆうたん》。そこでも、名もなき謎《なぞ》の『従』が登場して活躍《かつやく》している。

だけど、初期以後のウス王は、その戦闘能力が脅威《きょうい》になるって『従』の存在自体を忌避《きひ》してるんだよね。こっちは、伝記だけじゃなくて、複数の記録で同様の記述《きじゅつ》がある。なので信憑性《しんぴょうせい》が高い。

ウス王に対する、正反対の二つの評価。

これは、新米国王だったときと、王として成長してからの違いによって生じたものだっていわれているけど――。

ふと、思った。

一人が行ったことだと考えるから、変になる。

実はそれが、二人だったとしたら？　それぞれ別人への評価だったものを、無理矢理一つにしたんだったとしたら？

誰と誰の？　思い当たる人物がいる。

――ウス王の姉だった女王と、ウス王の。

もし、初期に『従』を重用していたっていうのが事実だったなら、おそらくそれは女王の治政でのこと。女王に『従』が仕えていたからだって考えれば、辻褄《つじつま》は合う。

「――初期には『従』を重用したウス王が、ある時期を境に『従』を厭《いと》うようになったことを殿下はおっしゃっておられるようだ」

ルストの言葉に、意識が引《ひ》き戻《もど》された。

「ある時期？」

「ウス王が激変したのは、アルダートン伯爵家当主に反旗《はんき》を翻《ひるがえ》されてからでしょう？

……ああ、そういえば、殿下の護衛の騎士殿は、アルダートン伯爵家の方でしたか。実に面白《おもしろ》い符号《ふごう》だ」

ウス王が即位してすぐに反旗を翻……ウス王物語で初《しょ》っぱなの悪役として登場する人。

そうだった。あれってアルダートン伯爵！

肝心《かんじん》の反乱の起こりと終わりまでは全五行程度で描かれ、むしろその後の、簒奪《さんだつ》を企《たくら》んだ首謀者《しゆぼうしや》へ寛大《かんだい》なる処分で済ませたウス王賛美のほうが延々と綴《つづ》られてたやつだ……！

「過去の所業のせいで、王族の側近くに仕えるという意味では冷遇《れいぐう》されていたアルダートン伯爵家から、殿下は何故護衛の騎士を選ばれたのですか？」

前世からの名残《なごり》で、どれにしようかな……で。あくまで、日本の！　日本の神様に訊《たず》ねるつもりで。アルダートン……武勇に秀《ひい》でた伯爵家っていうことと、実子は女子しかいないってことしか記憶《きおく》してなかった……！　はじめにクリフォードの名前を聞いたとき、考え続けていれば、思い出せた……かも。

アレクがクリフォードの名前を聞いて気にしていたのって、この方面だった？

いや、でも、今代のアルダートン伯爵やクリフォードが何かしたわけではないし！

「……わざわざ問われるようなことかしら？　時を経てアルダートン伯爵家が再び王家に仇《あだ》なすとでも？」

「私のような下級貴族はともかく、驚かれた方は多いのではありませんか？　……特に、古くからある大貴族の方々は」

古くからある大貴族……。

「――デレク様は？」

デレクが苦笑《くしよう》した。

「わたしですか？　オクタヴィア様の護衛の騎士が、アルダートン伯爵家出身だからといって思うところはありません。過去と現在を等しいものとして断じるのはどうかと」

私と同じ意見にほっとしたのもつかの間。別の危惧《きぐ》が浮かんだ。

「兄上は、違うのではないかしら？」

開幕のダンスを踊《おど》ったときにデレクから得た、兄はクリフォードへ悪印象、という情報。アルダートン伯爵家の人間っていうのがマイナスに働いたのかも。

「……わたしと同じだと思いますよ。アルダートン伯爵家出身であろうと、セリウスもそのこと自体は問題視していません」

……そのこと自体は？

どこか、奥歯《おくば》に物が挟《はさ》まったような物言い？

話している間も、先へは進んでいる。分岐路を左へ曲がったときだった。

真っ先に反応を示したのはクリフォードだった。

――通路に、複数の人間が、倒れていた。

死んではいない。血も流れていない。

全部で六人。いずれも男性で、武装していた。

この中にシル様の姿はない。どころか、シル様を狙った曲者たち……だと思う。

何者かに襲《おそ》われ、応戦しようとして、あっという間に倒されてしまった。そんな印象を受ける状態だった。

「……生かしているのが解《げ》せないな」

大貴族の子息なのに、クリフォードに負《ま》けず劣《おと》らずの手つきで曲者たちを調べ終えたデレクが呟いた。意外、というか、『空の間』の偽警備をそのまま放置というわけにもいかず、武器を取り上げて動けないよう措《そ》置《ち》を取ったときもそうだった。

拘束《こうそく》に使える道具はなかったから、彼らの着ていた制服を利用して口の中に生地《きじ》を詰《つ》め込《こ》み、手首を縛《しば》る、というもの。クリフォードの作業を手伝ったデレクは、慣れた様子で済ませていた。

ルストは、「私が不審な行動をしないとも限りません。お二人だけにお任せしたほうが殿下も安心でしょう?」と、偽警備のときも今回も、これらの作業に加わってはいない。

「襲った者が、圧倒的《あっとうてき》に強かったということではなくて?」

私の発言に、難しい顔でデレクはかぶりを振った。

「そうでしょうが、余計なことを喋《しゃべ》らせないためにも、確実に仕留《しと》めておくのが無難です。情報を引き出すわけでもないのに生かしておく利点がありません」

自分だったらそうする、と言わんばかりのデレクの主張だった。

「彼らと親しい間柄《あいだがら》だったのなら？　命を奪《うば》うのを躊躇《ためら》うこともあるかもしれないわ」

それか――。

「シル様が、この者たちを倒した可能性は？」

「命を奪っていない、という点では納得《なっとく》できますが……。その場合、血痕《けっこん》の一滴《いってき》すら見つからないことから、複数を相手にそれほど素早《すばや》くシルが圧倒《あっとう》したということになりますね」

デレクの言い方的に、シル様単独だと圧勝は無理っぽい？

可能性はあると思ったんだけどな……。だって原作だと……。

「クリフォードは、気づいた点はあるかしら」

倒れている一人の横で、片膝《かたひざ》をついていたクリフォードが立ち上がった。

その手には、曲者が所持していた長剣《ちょうけん》がある。それを赤い鞘《さや》からスラリと引《ひ》き抜《ぬ》いた。

模様みたいな線の入った刃《やいば》がキラリと光る。

「六名全員が、ターヘン産の武器を所持しています。この剣は使い込んでありますし、体格からも相応の使い手たちだと思われます。にもかかわらず逃走《とうそう》を許すことなく、この周辺だけで全員が再起不能にされています。襲撃者《しゅうげきしゃ》は『従』ではないでしょうか」

「……『従』とは、こういった容赦《ようしゃ》をしないものだと聞いていたが」

デレクが気絶しているだけの六人を見下ろす。クリフォードが、抜いたターヘン産の剣を赤い鞘に収めた。

「――甘《あま》い『従』もいるのかもしれません」

そう返したクリフォードの顔に浮かんでいたのは、嘲笑《ちょうしょう》だった。

39

情報を聞き出すため、とか。そういう理由なしに、自分に不利になっても相手の命を奪わないような戦い方をする『従』がいる？

もしかしたら、クリフォードはそんな『従』を知っているのかもしれないって、何となく思った。

『従』は、仲間意識が強い。カンギナの英雄譚しかり、お話の中にはそういうエピソードもある。ただ、実際そうだったとしても、クリフォードは一匹狼《いっぴきおおかみ》っぽいなってイメージを私は勝手に持っていたんだけど……実際、他の『従』と一切《いっさい》会ったことがないって考えるよりも、その逆のほうがしっくり来るのは確か。

ん？　――でも、クリフォードが『従』だということを知るのは、『主《しゅ》』になった私だけなんだっけ。……生きている人間では。

現在で、『従』の知り合いがいるのはおかしいのか。

あ、他の『従』の噂《うわさ》だけ耳にしていたり、面識はあってもクリフォードが『従』だとは思われていないケースなら？

思考を巡《めぐ》らせた末に、濃《こ》い青い瞳《ひとみ》を見上げる。私を見返したクリフォードへ、つい口を開きかけて、我に返った。

いけないいけないいけない。私たちが『主』『従』だということは秘密。ルストやデレクの前でクリフォードが『従』だと悟《さと》られる話はできない。

六人の曲者を生かして倒したのが誰なのか、気になるけど――。

「しかし――そうなると」

曲者たちから視線を外し、デレクがルストを振り返った。

「『従』は何人いる？　シルを狙う『従』とは別人なのか？　それとも同一人物か？」

ルストが肩《かた》をすくめる。

「襲撃者が『従』だというのは、護衛の騎士殿の意見だと思いますが――私より、襲われた当人たちに訊ねれば宜《よろ》しいのでは？　襲撃者の甘さに救われました。彼らは気絶しているだけです。苦痛を与《あた》えて叩《たた》き起《お》こし、その六人から聞き出すことは可能でしょう」

襲われた当人たちに訊ねるべきという案に対し、デレクはかぶりを振った。

「――この者たちは、簡単には吐かない。尋問《じんもん》しても時間がかかりすぎる。最低でも数日単位で必要だ」

「何故、そう言い切れるのです？」

ルストの問いに、自らの左側の首筋に触れる。

「全員、この部位に特有の刺青《いれずみ》があった。あの刺青を彫《ほ》った者には共通点がある。拷問《ごうもん》にも耐《た》え抜《ぬ》き、情報を吐くぐらいなら自死する機会のほうを狙う。そういう輩《やから》だ」

首筋？　目を凝《こ》らして該当《がいとう》部位を見てみる。

……本当だ。そして、もしや、と私が咄嗟《とっさ》に疑ったのは『徴《しるし》』。あれに似たものかもって。

でも、違う。何だろう。幾何学模様《きかがくもよう》の一種なんだけど……。

そうだ。ターヘン編直前から原作に出てきたサブキャラクターにも同じのが……。その巻の表紙デザインにも何気に使われてて、格好良さから何となく記憶に残ってたんだ。

えっと――この幾何学模様、は。

「サザ神教の紋《もん》ね？」

デレクが弾《はじ》かれたようにルストから私へ、視線の矛先《ほこさき》を移した。ものすごーく訝《いぶか》しげな顔をしている。た、たぶんそうだと思うんだけど、間違《まちが》ってた？

「――そうです。サザ神教の精鋭信兵《せいえいしんぺい》は、選別の証《あかし》である刺青を首筋に彫っています。よく訓練され死を厭《いと》わないので扱《あつか》いにくい相手です。ただ……オクタヴィア様が、あれをサザ神教の紋だとご存じだとは。サザ神教で正規に使われている紋とは違いますから」

一体、どこから知ったのか？　と言外《げんがい》に伝わってきた。

――『高潔《こうけつ》の王《おう》』っていう、ＢＬ小説から！

そう言えたらどんなに楽か。

えっと、言い訳……下手《へた》に答えたらやぶ蛇《へび》になりそうな予感。

でも、言外に、なのがポイントだよね。面と向かって質問されたわけじゃない。デレクの疑問には気づかなかったフリをして、会話を続ける。

「……デレク様の言う通り、サザ神教の精鋭信兵から話を聞き出すのは難しいでしょう。もちろん自死されても困るわ。――クリフォード」

「は」

「この者たちから武器を奪い、目覚めても動けないよう拘束なさい」

曲者たちを倒したのが『従』なのか、何が起こったのか、謎は残るけど、それをいますぐ本人たちから聞き出せそうにないなら、とりあえず無害化して先へ進むべし！　シル様の元へ向かうのが第一。

「御意《ぎょい》に」

クリフォードが動き出す。

「……わたしも手伝います」

こちらをじっと見つめていたデレクが息を一つ吐き、作業に加わった。それを傍観《ぼうかん》しているだけっていう状況に、私の中に残る庶民根性《しょみんこんじょう》がうずく。

下手に手伝おうとするより、クリフォードたちに任せて偉《えら》そうに突《つ》っ立《た》っているのが王女としては正解だって、理解してはいる。……いるんだけど。

急がなきゃって焦《あせ》りもあって、『黒扇』を開いたり閉じたりして気持ちを紛《まぎ》らわせる。

デレクが、気絶している一人が装備していた中ぐらいの大きさの予備だろう剣を取り上げた。離《はな》れた場所へ放り投げる。その後も短剣《たんけん》や、別の武器が二人によって次々と積み重なってゆく。

私も武器の一つぐらい、あそこから拝借《はいしゃく》してみる？

でも、すぐに思い直した。

どうせなら、私より――。

「拘束が完了《かんりょう》しました」

クリフォードから報告を受ける。驚くべき速度で六人は縛《しば》り上《あ》げられていた。

「ありがとう」

「精鋭信兵たちの無害化も済んだことです。それではバークスの元へ急ぎましょうか？」

ルストが先導を再開しようとする。

「いえ、待って」

私は制止の声をあげた。

六人が拘束されているのとは反対方向――最初にデレクが放り投げてから、取り上げた武器が集めて、というか捨ててある場所へ小走りで近づく。そこにはちょっとした小山ができあがっていた。

飾《かざ》りが派手なものはない。素人目《しろうとめ》で見ても、装飾用《そうしょくよう》や儀礼用《ぎれいよう》じゃなくて、実戦用の武器だってわかる。長剣に短剣から、用途不明《ようとふめい》な飛び道具っぽいものまで。

ただし、実戦用とはわかっても、武器の良し悪《あ》しまではぜんっぜんわからない。

長考《ちょうこう》している暇《ひま》はないから、無難に長剣で……さっきクリフォードが鞘から抜いたやつにしよう。赤い鞘のやつ。ターヘン産の武器って言ってたもんね。たぶん、これかな？

目当ての長剣を見つけて、手を伸ばす。閉じた扇ごと、両手で柄《つか》の部分を持った。

これを軽々と持って私も戦えたら良かったんだけどなあ。

「――オクタヴィア様？」

デレクから声が掛かった。顔を上げると、デレクだけでなく、クリフォードやルスト、全員が私に視線を向けていた。

「殿下はそれでご自分も『従』と渡《わた》り合《あ》うおつもりで？」

面白がるように、でも冷めたものを感じさせる声音《こわね》で、ルストが問いかけてくる。

「まさか」

私はそのまま数十歩先に立つルストに近づいた。

そして、持っていた長剣を彼の眼前に突き出した。

「これを使うのはあなたよ。ルスト・バーン」

「……私に？　殿下は、よもや庭園で私のしたことをお忘れにでもなられましたか？」

「わたくしを害する意思はなかったのでしょう？　わたくしは戦えない。けれどルスト。あなたは武器があれば充分《じゆうぶん》に戦えるはず」

　充分に、を強調する。

　そこが私とルストとの大きな違い。

「…………」

　ルストが押《お》し黙《だま》った。笑みも浮かべていない。

　いやだって、ルストって原作通りなら普通《ふつう》に強いしね！　兄と張り合える腕前《うでまえ》。もしそうじゃなくても、私よりは断然マシのはず。この戦力、死蔵《しぞう》しておくのはもったいない！　万が一——万が一、ルストがこの場で私に刃を向けようとしても、そのときはクリフォードが防いでくれるだろうし。デレクという味方もいる。

　だから渡しても問題なさそうだと判断！

　前提としてあり得ないけど、この状況下でルストと二人きりなら、さすがに私も武器を渡したかどうかは微妙《びみよう》だった。

「あなたが倒れるのは本意ではないわ。それにあなたが戦力として数えられれば、クリフォードやデレク様の負担も減り、あなたも自分の身を守る術《すべ》を得られる。その仮面は、わたくしぐらいにしか有効な武器にはならないでしょう？」

危険な場所へ赴いているのは、ルストも同様。

丸腰《まるごし》だと、最悪、ここで物語の舞台《ぶたい》から退場してしまう危険性もある。シル様の元へ辿《たど》り着《つ》いたら、ルストが曲者たち側だった、なんていうどんでん返しがなければ。

どっちの危険性も踏まえて――長剣を渡して退場する確率を下げるほうを取る！

「武器を欲しがっていたのではなくて？」

「――ええ」

ルストの口元に笑みが戻る。弧《こ》を描いた。

「有《あ》り難《がた》く頂戴《ちょうだい》いたします。オクタヴィア殿下のご厚意《こうい》に感謝を」

その手が、ようやく長剣に伸ばされる。片手で軽々と、紙一枚ぐらいの重さのものを扱っているかのように持ち、眺《なが》めている。ルストは少しだけ鞘から刃を出し、すぐに戻した。

「……ターヘン産の長剣ですね」

「不満かしら？」

「とんでもない。ご厚意に報《むく》い、武器に負けぬよう心がけましょう」

そうして、今度こそ先導は再開された。

ものすごく――静か。

先へ進むうちに、広々としているものの無骨《ぶこつ》だった通路の雰囲気《ふんいき》が、目に見えて変わった。一言で言うと、豪華《ごうか》になった。光る特性を持つ石を使った白い壁は、装飾有りのものへ。彫刻《ちょうこく》の施《ほどこ》された柱が均等に並ぶ。

目隠《めかく》しをされてここに連れてこられれば、夜の王城かって勘違いしそうなほど。

隠し通路というより、もう見た目は完全に正規の通路だった。それも、王族や貴族が通ることを想定しているとしか思えない造りに転じている。

「………!」

通路を曲がった途端《とたん》、急に明るくなって、手をかざす。瞬《まばた》きした。目が慣れてくる。

そこにあったのは、真《ま》っ直《す》ぐな通路。ここでは、両端《りょうたん》にある壁の燭台《しょくだい》に松明の火が輝いていた。松明の長さから見て、灯《とも》されてからまだそう時間が経過していない。

通路の奥《おく》には扉が一つ。

だけど、妙に既視感《きしかん》がある扉だった。

「『空の間』……」

青い両開きの扉。『天空の楽園』で一度は開けたそれ。

「――バークスは、『空の間』に」

私に聞かせるかのように、ゆっくりと、ルストが言葉を紡ぐ。

『空の間』は『空の間』でも、こっちのほう、だったんだ。

「……言葉が足りないわ。もう一つの『空の間』に、でしょう」

「正しくは、ですね」

喉《のど》の奥を震《ふる》わせて、ルストが笑う。

「さらに付け加えるならこうでしょう。ウス王が最も愛し――ひた隠《かく》しにした、もう一つの『空の間』に、と」

アレクの顔が、思い浮かんだ。

『姉上。「空の間」には行かないでください』

私の大好きな弟が示唆《しさ》していた『空の間』は、このもう一つの――本当の『空の間』と言うべき場所のほうだったんじゃないかって。

40

真っ先に目に入ったのは、青。

部屋全体を彩《いろど》る、自然の壁。透《す》き通《とお》った青く輝く鉱石が四方を飾っていた。もちろん、天井《てんじょう》も。そこに人の手が加わって、朝、昼、夜と、三つの空が表現されている。

自然と人工物が調和して形作る、青一色の部屋。

目を奪われる美しさだった。

──『空の間』。

本来、そう呼ばれていたのは、こっちだ。時を経て『天空の楽園』で『空の間』として周知されている場所は、ここを模したもの。

ウス王時代の離宮。その玉座の間だ。

──剣戟《けんげき》の音が、響く。

両開きの扉を開けた直後、襲《おそ》いかかってきた曲者を前へ出たクリフォードが返《かえ》り討《う》ちにした。続いてデレクとルストも剣を振るう。扉付近にいた敵が一掃《いっそう》される。

だけど──『空の間』には、ざっと見ただけでまだ十数名もの敵が残っていた。

大半が顔を覆《おお》うフード付きの外套《がいとう》を着ている。彼らは剣を手に、いまにも私たちへと向かってきそうだ。

私はとっさに『黒扇』の柄の部分を握りしめ、パシン！　と閉じた。

つかの間。

剣戟の音が、止《や》んだ。曲者たちが動きを止めたのがわかった。

唾を呑み込む。女は度胸《どきょう》。『空の間』に入る前に言い出したことを実行するなら、いまだ。

すかさず『黒扇』を開き、朗々《ろうろう》と聞こえるように言葉を紡ぐ。

「ご機嫌《きげん》よう、曲者の皆《みな》さん」

顔に浮かべるのは場違《ばちが》いな王女スマイル。

「それから――『従』の方？」

『黒扇』を開いて口元に当て、余裕綽々《よゆうしゃくしゃく》な風を装《よそお》って呼びかけた。

「エスフィアの第一王女たるわたくしとお話をする気はおありかしら」

ネックは、これで向こうから反応があるか、否《いな》か。

一秒一秒が、とてつもなく長く感じられる。ちょっとだけ、『黒扇』の位置を上へ移動させた。

「……第一王女。本物か」

外套を着ている男の一人が呟いた。声に深みがある。それなりの年齢《ねんれい》かもしれない。

途端、曲者たちが窺うように男を見た。

この男が、リーダー？　糸口とばかり、私は会話を続けた。

「偽物だとでも？　――『空の間』は二つあれど、エスフィアの王女たる者はわたくし一人だわ」

「………………」

息詰《いきづ》まるような沈黙《ちんもく》が落ちる。

私の斜《なな》め前に立つクリフォードが何かに反応して動きかけた。

同時に、リーダーらしき男から制止の声があがる。

「止《よ》せ」

私たちへ、ではない。

男は、声に加え手の動きで横に立つ人物を制した。その言葉が効いているのか、他の曲者たちもこちらへ距離《きょり》を詰めてくる様子はない。

「第一王女オクタヴィア」

今度は男が、私へと呼びかけた。顔は見えなくても、その瞳の色ははっきりとわかる。暗い漆黒《しっこく》の瞳が、私を直視した。

「貴女《あなた》をここに招待した覚えはないが？」

「それは悪いことをしたわ。人を捜していたら、このような場所に」

「人を」

「――ええ。シル・バークスという方よ」

ま、まだ余裕綽々に見えてるよね？　一触即発《いっしょくそくはつ》の状態に、内心ビビりまくりなのを悟られないように必死！

私がしようとしているのは、全面戦闘に入る前のワンクッション。王女という立場を強調、笠《かさ》に着《き》ての交渉《こうしょう》だった。

私は王女。つまり偉い！　中身がこんなだったとしても、身分の威力《いりょく》は大きい。

だから、私が代表者として交渉を持ちかけることに意味がある。

交渉事って、身分が高い人間が出るほうが相手が聞く耳を持つ可能性も高いよね！ ウス王物語やカンギナの英雄譚を読んで痛感《つうかん》した。

戦争前の交渉って大事すぎる。それと比べれば規模は違うけど、シチュエーションは同じだもんね。

腐《くさ》った心で読んでいても――ううん、腐った心で読んだからこそ、内容も頭に残ってる！

交渉が上手《うま》くいけば良し。平和的に解決できて万々歳《ばんばんざい》。

――失敗しても、交渉前より事態が悪化することはほとんどない。起こるはずだった戦いになるだけ。むしろ、交渉中に敵の状況を正確に推測するチャンスだ。

いまみたいなときこそ、交渉を試みるべき！

相手が応じるかが問題だったけど、それはクリア！

「第一王女ともあろう者が、わざわざ一個人を捜しにくるとは。……何のために？」

「シル様はわたくしの兄――第一王子セリウスの恋人。大切な方よ。それだけで、わたくしが捜す理由になるでしょう？」

話しながら、『空の間』内部に視線を巡らせる。

……シル様は？　目につくような場所にはいなかった。

……いない？　ううん、そんなはずは。

再度、細心の注意を払《はら》って視線を動かす。

……一度は見逃《みのが》していた濃紺色《のうこんいろ》の髪《かみ》を、視界に捉《とら》えた。

あの髪色はシル様のもの。

——いた！

『空の間』の一番奥。何か台みたいなものにうつぶせになっている。意識がない？　怪《け》我《が》？

シル様がいるところの床《ゆか》に目を凝《こ》らしてみる。血だまりができている、なんてことは……。

ほっとした。ない、みたい。これ以上のことは、シル様の近くまで行かないと……。

——と、クリフォードが少しだけ移動した。斜め前から、私の正面へ。

「……止せ、と言っている。その行動も、お前の『主』の命か？」

ほぼ同時に、再度、男が制止の声を放った。抜き身の剣を、相手の動きを阻《はば》むように出す。

その対象となっているのは、既《すで》に一度「止せ」と制されていた人物。外套で目の色しかわからない。『空の間』を彩る鉱石みたいな色合いの青をしている。

それに、『主』の命か、という問い。——『従』、なんだ。

でも——この人。私たちが『空の間』へ入ったとき、リーダーらしき漆黒の瞳の男と戦っていた人だ。

ここにいる曲者の数は、全部で十九人。うち、突入直後《とつにゅうちょくご》から倒れていたのが二人。クリフォードたちが返り討ちにしたのが、三人。

突入した私たちに向かってくる人数が少なかったのは、『空の間』では既《すで》に戦闘の真っ最中だったからで――二人を倒したのは、この人、だと思う。

状況的に、あのサザ神教の精鋭信兵たちを殺さずにいた『従』、だったり？

曲者たちと敵対しているなら、共闘《きょうとう》できる……と思いたかったんだけど、この人、私に攻撃《こうげき》しようとして止められてるんだよね？　二回も。だからクリフォードも対処しようとしていたわけで。

かつ、私への攻撃を諌《いさ》めたのは、この人と戦っていたはずの、シル様を狙っている曲者のリーダーで……。

頭がこんがらがってきた。

「……『主』の命ではない」

『従』が答える。若い男性の声だ。

「そうだろうな」

「だが、エスフィアの王族など」

『従』と男のやり取りを尻目《しりめ》に、左斜め前にいたデレクが私の横まで下がった。

囁《ささや》く。

「向こうに味方がいます」

向こうって、曲者の中に、だよね。……味方？

「細身の赤毛の男です」

それだけ言うと、デレクが離れた。

細身で、赤毛……。最初、デレクの視線の先を探していたけど、それとは全然違う方向にいた。外套を着用していない。招待客の中に紛《まぎ》れ込《こ》んでいたのだろう、礼服を着用している。

十代後半ぐらいの青年だ。知らない顔、だけど。

……あ。体型といい、髪型《かみがた》といい、服装といい、仮面を着ければ——饗宴《きょうえん》の間《ま》で、クリフォードにダンスの誘《さそ》いをかけてきた人じゃない？

私が宮廷舞踏曲《きゅうていぶとうきょく》を踊ったときの、二人目のお相手でもある。見た目に反して肉食系の。

デレクが断言するってことは、彼はナイトフェロー公爵家関係の人？　おじ様の部下、とか。

「気持ちはわからないでもない。ひとまず、話が終わるまでおとなしくしていろ」

『従』に告げ、男が剣を下ろした。『従』の若い男性も、渋々《しぶしぶ》といった様子ながらそれに倣《なら》った。

私も意識を彼らに戻す。

「――さて、失礼した。第一王女。それで、貴女は我々に何を望む？」

男が、『空の間』の奥――たぶん、私がシル様を見つけたのをわかっていて、わざとシル様を振り返った。

「望みは、あなたたちがシル様を解放し、投降《とうこう》することよ」

「投降？　我らが？」

男は、失笑《しっしょう》でもしそうな素振《そぶ》りだった。

「貴女こそ、立ち去られよ。私は王族には興味がない。貴女が余計な手出しをしなければ、命を取る理由もない」

「――あなたの狙いは、シル様のみ？」

「そうだ」

「何故シル様を狙うのかしら。そして、何をしたの？」

「……まだ生きてはいる」

返ってきたのは、中途半端《ちゅうとはんぱ》な返答。でも、やっぱりあれは気を失っているんだ。

「シル様を害するつもりはない、ということ？」

「……第一王女。貴女は貴女のいるべき場所に戻るのが賢明《けんめい》だ」

「あなたこそ、わたくしがここにいる意味を考えるべきね。第一王女たるわたくしが、何の備えもなしに少人数で敵地に乗り込むとでも？」

「…………」

何の備えもなしに少人数で乗り込んできたんだけどね！

「少しすれば、大量の兵たちがこの『空の間』に押《お》し寄《よ》せるわ。いくら『従』でも、数の力を押し切れるかしら？　――わたくしがここにいるのは、あなたたちへの恩情《おんじょう》よ。投降する機会を与えるための」

「戯言《たわごと》を。王女に兵を動かす権限などない」

その通り！

目が泳ぎそうになる。とにかくそれを、前を見据《みす》えることで何とか堪《こら》えた。視界の片隅《かたすみ》に、デレクが味方だと告げた赤毛の青年がちょうどいた。

思いついた。兵は兵でも、違う兵ってことにしておけば。

「誰が、王城の兵だと？　懇意《こんい》にしている貴族の私兵ならば、わたくしでも動かせるわ」

男の漆黒の眼光《がんこう》が、デレクへと向かう。

「……ナイトフェローの私兵か」

うん。否定することはない。

「理解してもらえたかしら？」

「……理解した。第一王女」

男が静かに頷いた。おじ様の私兵が来るって信じたっぽい？　これで折れてくれればば……。

「油断してはならぬ、ということを」

ところが、不穏《ふおん》な言葉が続いた。

「――『従』ゆえの驕《おご》りがあったようだ。貴女を侮《あなど》っていた」

男自身も、『従』。それは判明したけど――雲行きが怪《あや》しい。

「手を貸せ」

もう一人の『従』に男が言う。相手が顎を引いたのを見、男が告げた。

「投降はしない。あの者も解放はしない。しかし、そちらも引かぬようだ。ならば、ナイトフェローの私兵が押し寄せる前に、全力をもって貴女を排除《はいじょ》しよう。第一王女」

もう姿を隠す必要もない、という意思表示。男が外套を脱《ぬ》ぎ捨《す》てた。

猛禽類《もうきんるい》のような漆黒の瞳と視線が交差する。せめてもと、私も見返した。

――戦端《せんたん》が開かれる。

私目がけて、『従』の二人を先頭に曲者たちが迫ってくる。

「……来るぞ」

「疑われずとも、殿下にターヘン産の武器を頂いた分の働きはお約束しますよ、次期公爵」

「そう願いたいものだが」

デレクとルストが、迎撃《げいげき》の体勢を取った。

……交渉は失敗だ。足がすくみそうになる。

でも——怪我《けが》の功名《こうみょう》か、シル様のいるところががら空《あ》きになっているのが、見えた。

「——クリフォード。シル様のところへ行くわ」

「お任せを」

音もなく動いたクリフォードが、外套を着たままの若い『従』の初撃《しょげき》を弾《はじ》いた。すさまじい剣戟の音がする。

「貴様……？」

走り出した瞬間《しゅんかん》、若いほうの『従』が呟いたのが聞こえた。


とにかく、シル様を目指して走る。それだけを考える。

ここにも黄金の玉座がある。

——その裏側へ。

抜き身の剣がすぐ側に転がっていた。台にもたれかかっているシル様に触れる。

あったかい。「まだ生きている」とは言っていたけど、実際に息をしてる。脈《みゃく》もあった。

傷もない。意識を失って……眠っているだけのように見える。

ひとまずの、安堵《あんど》の息が漏《も》れた。

シル様の身体《からだ》を引っ張り、床に横たえる。

「…………？」

そのとき、シル様が下にしていたのが、ただの台ではないことに気づいた。

……墓標《ぼひょう》だ。『空の間』を構成する青い鉱石でできたもの。エスフィアの王族が埋葬《まいそう》されるときに用いられる形状をしている。

何より、石に彫られている名前が。

指先で、文字をなぞる。


――イデアリア・エスフィア。


エスフィアの王族は、姓《せい》を名乗らない。もし私が無理矢理名乗るなら、オクタヴィア・エスフィアになる。だけど、これはただの王族には許されないこと。だから、王族には姓はない、というほうが正しいのかもしれない。

王族の中でエスフィアという姓を名乗ることができるのは、唯一、王冠《おうかん》を戴《いただ》いた人間だけ。いまなら、現国王である父上。イーノック・エスフィア。

歴代の王だけが、国の名を姓として使うことができる。……その死後も。

イデアリアは、女性名。そしてエスフィアの姓は、彼女が、かつて王位についていたことを示す。

「……女王、イデアリア」

離宮だった頃は、玉座の間として、使用されていたはずの部屋。

じゃあ、この、『空の間』は、彼女を弔《とむら》うための？

父上は、名前すら抹消《まっしょう》された、と言っていた。

弟――ウス王によって討《う》たれた、女王の、墓標？

ウス王が隠して――それなのに、残したかったもの。

イデアリア……。この名前、聞いたことが、ある。

……ルストからだ。庭園で、ルストと話したときに。

――視界の隅で、何かが動いた。はっとして、そちらを向く。シル様が、身じろぎしていた。薄く目を開け、立ち上がる。無言で、落ちていた剣を拾った。

「シル様、具合は――」

言い終えることは、できなかった。

一気に、シル様との距離が空く。

私とシル様の間にクリフォードが現れ、左腕に私を抱《かか》えて飛びすさった。

剣が、宙を斬る。

シル様が、私に向けた剣が。

41

すぐに、二合目《にごうめ》が来た。

私を左腕に抱えたまま、それを右手の剣でクリフォードが受け止め、薙《な》ぎ払《はら》う。

体勢を崩《くず》したシル様だったけど、一瞬《いっしゅん》のことだった。追撃《ついげき》したクリフォードの刃を避け、攻撃を繰《く》り出《だ》す。

シル様の動きは尋常《じんじょう》じゃなかった。滑《なめ》らかで、まるで舞踏のよう。何より、『従』であるクリフォードに後《おく》れを取っていない。

剣と剣が、ぶつかった。激しい鍔迫《つばぜ》り合《あ》い。

「……シル様！」

呼びかけても、反応はない。表情が豊かなはずのシル様から、人形のように、いまは一切の表情が喪《うしな》われている。

これ、って──。

『ねえねえ、麻紀《まき》ちゃん』

私の頭に浮かんだのは、前世での、ある会話だった。

クソ忌々《いまいま》しい記憶を昇華《しょうか》できなくて、思い出すのを無意識に避けるようになっていた、家族との日常。他愛《たわい》なくて大切な、その一部。


『麻紀ちゃんから借りたこの本なんだけどさ、続きある？』

『いいよ、何のやつー？　勝手に持ってい……て、「高潔の王」っ？　それボーイズラブだよっ？　お姉ちゃんは少女漫画専《まんがせん》でしょ？　何があった！』

『いやー、最初は普通に少女漫画借りるつもりだったんだけどね、これだけ同じの何冊もあるから気になっちゃって』

『そりゃあね、「高潔の王」だもんね！　何度読み返してもこれで安心自分用、他の人にも読んでもらいたい布教《ふきょうよう》用、カバーをかけて綺麗に保存の鑑賞用《かんしょうよう》、同じ巻を複数買いは基本です！』

『おー、なら、やったね麻紀ちゃん！　喜べ、第一号だ！　お姉ちゃんに「高潔の王」の布教大成功だよ！　ボーイズラブいけるいけた！　新世界だわー。で、続きの三巻ないの？』

『マジか……。お姉ちゃんが持ってる二巻が最新刊だよ。三巻の発売は来月』

『えー。じゃあさ、これ、なんで主人公が助かったか次巻まで待てってこと？　敵を全員倒したの結局誰か。ぼかし具合が気になるんだけど！』

『そんなの、シル様が覚醒《かくせい》したに決まってんじゃん！』

『えー、主人公ー？　麻紀ちゃん。そうじゃなくてあそこはセリウスでしょ。それか当て馬の新《ニュー》ヒーローが後に出てくる伏線《ふくせん》ね』

『シル様だってば！』

『セリウスか、当て馬新ヒーローの仕業《しわざ》だってー』


私が、『高潔の王』の布教に成功した初の仲間は、前世の、お姉ちゃんだった。

そして、シル様の異変がはじめて明確に描かれたのは、二巻。実は読み返すと一巻でも、その片鱗《へんりん》と思える描写《びょうしゃ》がある。

一人で敵に囲まれ、絶体絶命！　しかもシル様は意識を失ってしまう。暗転。次の場面では、敵がすべて倒されていた。

誰がそれを行ったか。作中では明言されない。その上、以降の続刊でも、似たような出来事が何回か起こる。

セリウスか……？　はたまた新キャラが……？　と思えるときもあった。

ただ、私が読んだ最後の既刊《きかん》。あの巻で、シル様で決まりだろうなって強く感じられる描写があった。感じられる、なのがミソで、原作で結論はまだ出ていない。

『ほらほら、お姉ちゃん！　読んだ？　最新刊、シル様とセリウスの戦闘シーン！　セリウスの葛藤《かっとう》が切ないあの場面！』

『甘いなあ麻紀ちゃん、次の新刊が出るまではわからないよ？　ここからどんでん返しがあるかも』

『お姉ちゃん、諦《あきら》め悪すぎー』

　私はシル様派、お姉ちゃんは別の誰か派で、毎回、新刊が出る度《たび》に熱く語り合った。……その答えがついに書かれているはずの新刊を手に取ることなく、私は死んだわけだけど。

　それをいま、目撃《もくげき》しているのかもしれない。

　どう考えても原作にはなかったはずの出来事の中で。

　――やっぱりシル様覚醒のパターンだったよ！　お姉ちゃん！

　トリガーは不明。シル様は驚異的《きょういてき》な強さを発揮することがある。ただし、本人にそのときの意識はない。絶対その状態！

「結論は、出たな」

　そう、結論は出――。

　私の心の叫《さけ》びと、妙にシンクロした発言をしたのは、先ほど顔を露《あらわ》にした『従』だった。

リーダー格らしき漆黒の瞳の『従』は、いつの間にか、近距離《きんきょり》にいた。まるで風みたいに、一直線に駆《か》ける。彼が向かうその先は――シル様だ。優先して排除する対象が、シル様に変わった？

原因は、シル様があぁなった、から？

クリフォードへ剣を向けていたシル様が、『従』の動きに反応した。応戦――する前に、別の、若いほうの『従』が、立《た》ち塞《ふさ》がった。シル様を守るかのように。

彼は、シル様の味方？

思考がぐるぐると回る。

私の敵であるはずの、『従』同士の戦いと平行して、クリフォードとシル様の戦いもまた、続いている。

「！　クリフォード！」

「はい。少々お待ちください」

クリフォードはここまで息一つ乱れていない。――抱《かか》えられているから実感できるのは、クリフォードはまだまだ余裕《よゆう》だっていうこと。私に負担がいかないよう、絶妙《ぜつみょう》な抱え方をする気遣《きづか》いができるほど。

最初のときの鍔迫り合いでは、ほぼ互角《ごかく》に見えた戦闘は、現在、完全にクリフォード優勢になっていた。個人的に、覚醒シル様は、『従』とも渡り合えるんじゃないかってぐらいだと思うんだけど――いや、実際渡り合っているんだけど！

でも、そんなシル様を私というお荷物を片手に抱えながらも圧倒しているのが、クリフォードだった。よくよく見れば、着替えた白い衣装《いしょう》も戦闘を経ているのにまったく汚《よご》れていない。

……チート。

クリフォードって前世の用語でいうチートキャラだよね？

って。

シル様を倒しそうなんですけどおおおおっ！　たった数秒の間に、クリフォードが片膝《かたひざ》をついたシル様にすかさず剣ををををっ？

少々お待ちくださいって、シル様を物理的におとなしくさせるからってこと？

ま、まさか、名前を呼んだの、さっさと倒してよね！　て催促《さいそく》に聞こえた……っ？　あああああ、確かにそう取れるかも……！

「だ、駄目よ、クリフォード！」

腰《こし》に回るクリフォードの左腕をバンバン叩《たた》いた。叩いた箇所が、妙に硬《かた》い。戦闘中邪魔するのは死活問題《しかつもんだい》だけど、こればっかりは黙《だま》っているわけにはいかない。

不服そうにクリフォードが私へと顔を傾《かたむ》ける。深い青の瞳が鋭い光を宿していた。

「バークスは殿下を害そうとしています。――生かしておく必要が？」

やっぱりぃぃぃぃ！

必要はあり！　大ありです！

それにね！

「……わたくしを、というわけではないわ」

首を振って、否定した。

原作知識を総動員して考える。

これが、原作で何回か見られたシル様の異変、だとして。

なら、シル様は現在、周りは全員敵！　という状態になっているってこと。目覚めたとき、一番近くにいた私を敵認定《てきにんてい》しただけなんだよね。だから倒そうとする。たとえに出して悪いけど、いたのがデレクだったとしても同じ状況になっていたと思う。

……だって、『高潔の王』既刊で確認できた一番新しい暴走で、シル様は兄が――セリウスが相手であっても、攻撃しようとしてしまったんだから。

本能で、安全だと思えるまで、止まれないんだ。

つまり、全員敵を倒すか。自分が倒れるまで。

「いまのシル様は、正気ではないのよ。我を失って――」

ぎゃあ！

言ったそばから、シル様の剣が一閃《いっせん》した。

我を失っているから、戦闘中に待ってはくれない！　うん。攻撃してきますね！

クリフォードはその攻撃をうまく流したけど、喋っていた私は別だった。床についた足がもたつき、支えを求めて、クリフォードの首に腕《うで》を回した。

同時に、クリフォードが私を抱え直す。

「正気でないことが酌量《しゃくりょう》の理由になるとは思えませんが。いまのバークスは殿下を倒すべき敵と見なしています。我々にとっても敵です」

間近からこちらを見下ろす濃い青い瞳が、静かに決断を迫ってくる。

……わかるよ。やらなきゃ、やられる場面がある。クリフォードが強いから、私は無傷で済んでるってだけ。クリフォードがいなかったらどうなっていたかわからない。

原作で、兄に対しては攻撃しようとして躊躇《ためら》ったシル様が、私にも踏みとどまってくれたかなんて、わからない。

そうなんだ。いまのシル様に話は通じない。敵と化している。でも、じゃあさ、敵じゃなくなれば？　正気に戻せれば——。

ピンと来た。

正気に戻す。これだ！　勝率は五分、だけど。原作でシル様は、敵を全員倒してはいないのに、元のシル様に——ていうか、覚醒中だったのに突如《とつじょ》ぶっ倒れて——戻ったことがあった。

この一連のシーンで、ああ！　やっぱりいままでのあれやこれはシル様の仕業だったのかーってなる。状況はいろいろ違うけど、原作で、兄セリウスがやったこと。あれを意図的にシル様にすれば！

たぶん。おそらく。十中八九《じっちゅうはっく》。

やり方は、私が知っている。でも、誰が？

うーん。方法が方法だから……それに、確率的にも自分でやるのが一番か。

よし、決まり。これで行く！

決意して、クリフォードを見上げた。

「試みたいことがあるの、クリフォード」

そのためにも――。

「あなたが袖口《そでぐち》に隠している短剣を貸してちょうだい」

勢いよくやるためにも道具が必要なんだよね。で、ちょうどクリフォードがいいものを持っているってことに思い当たった。さっきの左腕の硬い感触《かんしょく》。『武器当て』の話になったとき、袖口と靴に仕込んでいるって口にしていた短剣と見た！

「……私の短剣を、ですか？」

珍《めずら》しく、クリフォードが怪訝《けげん》そう。眉《まゆ》を顰《ひそ》めている。

「ええ。そして、できるだけシル様に近づいて欲しいの。わたくしが、シル様に触れられるぐらいに。……わたくしの行動が何者にも阻まれることのないよう」

ただ、どうしてなのかは突《つ》っ込《こ》まれたくはない。理由を言ったら、立場上、クリフォードは反対すると思うんだよね。護衛の騎士として、阻止《そし》される可能性大。

だから。

「――すべて『主』として、『従』への命令よ」

剣戟の音が響く中、小声で告げた。

すっと細められた青い瞳と、ほんのわずかな間、見つめ合う。クリフォードがかすかに頭《こうべ》を垂れた。

「御意《ぎょい》に。『主』たる貴女の望むままに」

クリフォードの首に回していた両手を外して、代わりにしっかりと短剣を握る。短剣だけど、私の手には大きいかな。シンプルイズグッドを地でいく代物《しろもの》。

鞘から引き抜いた。キラリと刃が光る。手入れはバッチリ。切れ味抜群《ばつぐん》っぽい。

「！」

私たちがシル様へ何かしようとしていると察したのか、若いほうの『従』が、交戦中だったもう一人の『従』を置いて、クリフォードへ刃を振るった。

——速い。

チートなクリフォードは全然動じず、私というお荷物つきで迎撃。

ここには少なくとも、クリフォードを含めて『従』が三人いるわけで。

思うのは、速度。何もかもが速い。流れるように事態が動く。ていうか、戦場と化した『空の間』の全体像を把握《はあく》しようと注意を逸《そ》らそうものなら、目の前の人外な動きに置いていかれる。視野を広く、なんて不可能。

私がすべきは、シル様を正気に戻すこと。他のことは頭から追い出す。

シル様に充分近づいたら、この短剣で——。脳内シミュレーションをリピート。

いつ、チャンスが巡ってくるか。それだけで頭の中は一杯。

高い、金属音。

クリフォードの一撃《いちげき》で、シル様が持っていた剣が弾け飛んだ。蹴《け》りを放ったシル様が飛びすさり、他の武器を探している。その間に、クリフォードが間合いを詰《つ》めた。

来た来た！　チャンス！　シル様に触れられそうな距離。

よ、よーし。短剣を構える。そして……私は、自分の左の掌《てのひら》を思いきりよく切った。

斜めに一直線。う！　勢いよくいきすぎて、予定よりざっくりいった。

——と、短剣を持っていた右の手首を、強く掴まれる。その拍子《ひょうし》に、掌の血が、綺麗だった白の衣装に降りかかる。

クリフォードだった。感情の波。深い青の瞳に浮かんでいるのは何だろう。だ、騙《だま》し討《う》ちみたいな命令だったから怒《おこ》ってる？　ごめん！　で、でもね！

「──わたくしの望むままに、と答えたはずね？」

ここからが勝負なんだよクリフォード！

「意味もなく、自傷したわけではないわ」

「──は」

納得したのかどうか。摑まれていた手首が、離された。クリフォードが、どこからか次々と飛来した投擲武器《とうてきぶき》を、立て続けに叩《たた》き落《お》とす。

短剣を下ろして、私は血の流れる掌をシル様へ伸ばした。気のせいじゃなければ、私が掌を切った直後から、シル様の様子が変わっている。

「っ……！」

血を間近で見たシル様が、大きく目を見開いた。劇的な変化。おお！　血がダラダラで痛いけど、やっぱこれで正解だ！

「シル様」

赤く染まった掌で、シル様の頰《ほお》に触れる。機敏《きびん》に動き回れるはずのシル様は、棒立ちのままだった。がくんと、シル様の身体が力を失う。

種明かし。

現実では、かなり先の出来事。既読済《きどくず》みの原作最新刊中、覚醒したシル様は――いままでのあれやこれ、シル様だったよもう九割確実！　と私は文字を追い――自分を庇《かば》ったセリウスが血を流し、その血が顔にかかったことで、気を失った。シル様の異変についてはもちろん、ボーイズラブ的にも読みどころ満載《まんさい》のシーン！

――つまりは、血ですよ！　覚醒シル様は、血に弱い！

既刊でのシル様がやった？　な件を一つ一つ掘《ほ》り起《お》こしてみると、言われてみれば、敵の血がはっきりとは流れていないんだよね。シル様本人が怪我をしている場合はあっても。他者の血を近くで見て、触れれば、すぐさま正気に戻る可能性有り。

でも、普段のシル様は、血を見ても気絶なんてしない。普通に手当てで血に触れたりしている。だから、これは覚醒シル様限定の現象かな。それから――作中キャラが考察していたんだけど、王族の血だったってこともポイントかも？　みたいなことを言っていた！

前世では、読んでいてちょっとテンションが落ちたくだりでもあったり。だって、ただセリウスだったからって理由のほうがこう、心に刺《さ》さったよ！

……それはともかく。

真偽《しんぎ》はどうあれ、エスフィア王家は天空神関係で特別な血云々《うんぬん》っていわれているのは事実。てなわけで、私が試《ため》してみるのが一番だった！　私王女！　王族だもんね！

力を失い、傾いたシル様の身体を支える。……あ、れ？　原作では、シル様、血のせいで完全に意識を失っていたのに、まだ……。

ゆらりと、シル様が顔を上げた。その目はどこも見ていない。ううん。私の掌の血を、見てる。

「我が、『主』、よ……、何故」

ついで、呟きをこぼした。

訴《うった》える、みたいな、呟きを。

…………『主』？　シル様、『主』って言った？

頭の中で？マークが乱舞《らんぶ》する。なんでシル様が？　いやいや、これはシル様であってシル様ではないと考えるべき？

「シル様？」

顔を覗《のぞ》き込《こ》む。すると、シル様が血を見たときみたいに目を見開いた。

「陛下……。我が『主』」

手が、伸ばされる。シル様が触れたのは、私が髪に挿《さ》した、リーシュランの花飾りだった。大切な宝物を見つけて、恐《おそ》る恐《おそ》る、確かめるみたいに。

そして――シル様の身体から力が抜けた。

肩を揺すってみるも、反応はない。今度こそ、気を失ってしまった。

「陛下って……？」

でも、熟考《じゅっこう》している場合じゃなかった。シル様を無害化したからといって、何一つ事態は解決していない。シル様に集中している間、私の耳に一時的に入ってこなかった剣戟の音は、いまもひっきりなしに続いている。

シル様が暴走している間、リーダー格の『従』は、私のことを後回しにしていた。が！　ちょうどいい、私とシル様を二人まとめて殺《や》っちゃおう的な視線と空気がビシバシとね？　若いほうの『従』は、シル様から離れろって空気で——じゃなくて実力行使に来ようとしてるし！

いや、でも別にもう相手をすることもないよね？　わざわざ戦って倒さなくても！　シル様は無事に（？）確保できたんだから、あとはここからどうにか逃《に》げ出《だ》せれば……。戦略的撤退《てったい》ってやつ！　どうやって、がさっぱり浮かんでこないけど！

咄嗟に、入り口のほうに視線をやる。

え。

——複数の人影《ひとかげ》が、見えた。通路側、から。

何故か、最初に入ってきたのは、デレクが味方だと判断した、あの、赤毛の青年だ。あの人、いつの間に室外へ？　そんな疑問はすぐに吹き飛んだ。

次々と、『空の間』の入り口が武装した兵の姿で埋《う》まったから。

青年は、誰かを先導しているようだった。

その誰かが、兵の人壁を抜け、前へ出る。

息を呑《の》んだ。

見間違《みまちが》えるはずのない、その姿。独身だったらきっと恋人役を頼んだに違いない男性。

私は喜びのあまり、恥《はじ》も外聞《がいぶん》もなく叫んだ。

「おじ様……！」

地獄《じごく》に仏《ほとけ》とはこのこと。おじ様！　おじ様だあああああ！　本物だああああ！

嬉《うれ》しすぎて取《と》り澄《す》ましてナイトフェロー公爵とか呼べない！　後光がさして見える！

「遅《おそ》くなりました。殿下」

おじ様の微笑《ほほえ》みと声音に、時と場所を忘れ私は癒《い》やされた。

42

前世ではお姉ちゃんがいて、私は二人姉妹《しまい》の次女だった。
すなわち――末っ子！
エスフィアではセリウス――兄がいるけど、こっちは私にも問題があるとはいえ、お姉ちゃんにしていたように甘えたり我《わ》が儘《まま》言ったり、喧嘩《けんか》できるような兄妹《きょうだい》じゃない。
両親――父上やエドガー様とは、現代日本でいう一般的《いっぱんてき》な親子とは、違う。二人が私と直接的には血が繋がっていない、エスフィアの国王ならではの同性婚《どうせいこん》ということもあるし——一番は、王族と庶民の違い。まず、私からは夕食以外に会うだけで一苦労だよ！　親子なのに！　特に父上！

だから二人とも、両親というよりは、国王陛下とその王配《おうはい》、がしっくり来る感じ。

そして、そんな環境《かんきょう》で王女として生まれたら、私も末っ子気質のままではいられない。

——何より、もう一つ。大きな違いがあった。

生まれ変わった私には、アレクが！　可愛《かわい》い弟ができた！

ここでは、私がお姉ちゃんとして頑張らねば！

……でも、前世と今世を比べると、末っ子時代のほうが長い。私の中からその記憶が消えたわけじゃない。

——なので、そんな私の末っ子精神が顔を出してしまう人物が！　おじ様なのです！

我が儘を言って困らせたりもした！

反省して距離は置いても、頼れる大人としてもう私の脳にはインプットされている。特にこんな場面だと、おじ様登場の安心感がすごい！

おじ様が来たからもう大丈夫だー。

あ、安堵の涙《なみだ》が出そう。さっき泣いたから涙腺《るいせん》が緩んでるのかも。張っていた肩肘《かたひじ》や顔面はとっくに緩んじゃってるし。

シル様も男性。立って支え続けるのは重い。私はシル様を抱えて座《すわ》り込《こ》んだ。

「――この場は我々が包囲している。武器を捨て投降すれば、命の保証はしよう」

背後に兵を従えたおじ様の一声が、『空の間』に響《ひび》き渡《わた》る。

「だが拒否《きょひ》する場合、武力をもって制圧する」

その言葉に合わせ、兵たちが威嚇《いかく》するかのように一斉《いっせい》に武器を構えた。一糸《いっし》乱れぬ訓練された動き。ナイトフェロー公爵家の私兵だと思うけど、王城の兵士にも勝《まさ》るとも劣《おと》らない。

「――投降するか否《いな》か、選べ」

おじ様という心強い援軍《えんぐん》の到着《とうちゃく》で、『空の間』の状況は様変わりした。

おじ様に釘付《くぎづ》けなあまり気づくのが遅れたけど、どの時点からか、『従』二人を含め曲者たちが、全員、動きを止めている。静止した状態で眺めてみれば、ピンピンしているのは『従』ぐらいで、他の敵は立っていてもかろうじて、という具合だった。

ううん、その『従』も……若いほうの『従』は、左腕にざっくりとした斬傷《きりきず》を負っている。たぶん、クリフォードの攻撃で。

クリフォードは――ほっとした。手首を摑まれたとき、あれはたぶん怒っていたけど、後ろ姿はいつも通りだ。白い衣装にかかった血も、見える範囲《はんい》では増えていない。

シル様を抱える私を庇って、剣を構えている。表情は、見えない。

……デレクとルストは？

キョロキョロして捜してみる。

――二人とも無事だ！　『空の間』の、あの……墓標の側だ。移動してしまったけど、元々は私とシル様がいた場所。

デレクとルストは、立ち位置が近かった。その周囲に敵も倒れている。共闘してたとか？

負傷も……していないみたい、かな？

両者とも、服にある赤い染みは返り血、だと思う。

デレクはせっかく駆けつけてくれたおじ様に何故か険しい視線を投げている。

ルストは……仮面着けてるからなあ。

ただ、一人だけ、入り口にまったく注意を払っていなかった。ルストが見下ろしているのは、イデアリア・エスフィアの名前が刻まれた墓標。

――多少、気になる点はあっても、味方は、全員無事。

うん！　私は心の中で勝利の握《にぎ》り拳《こぶし》を作った。おじ様フィーバーも多少収まって、敵で残っている明らかな有効戦力はもはや『従』の二人だけ。

その上、いくら『従』が強いっていっても、一人は負傷しているし、おじ様が引き連れている兵の数の前にはさすがに投降を選……………ばないいいっ？

『従』の出方をがっつり窺っていたおかげで、フードで依然《いぜん》として顔が見えない若いほうの『従』が息を吐き、剣の柄をぐっと握ったのがわかった！

怪我してるのにやる気だ！

――あれ、おじ様って、敵に『従』がいるって知ってるっけ？　どうなんだろ。赤毛の青年がおじ様と繋がっているとして、伝えてる……と思うけど、一応。

私はおじ様に向かって叫んだ。

「ナイトフェロー公爵。あの二人は『従』よ。無理をして戦うことはないわ！」

叫んだ、ものの、あの二人ってどの二人ってなるよね？　私はわかっているけどこれだけじゃおじ様に正確に伝わらない。補足説明！　と言葉を続けようとしたら。

「はい。殿下、ご忠告、痛み入ります」

即座《そくざ》に答えたおじ様が暗灰色《あんかいしょく》の瞳を細め、微笑んだ。同時に、仕草で赤毛の青年に指示を出している。……おじ様、別に驚いては、いない？　赤毛の青年、有能！　おじ様にちゃんと『従』のことを伝えていた！

「わたしも殿下と同じ意見です。可能な限り、『従』と戦うのは避けたいと思います」

「ええ。……そうね」

うんうん。私は頷いた。

戦わずして、『従』を投降させるってことだよね！　理想！　さっき私が失敗したやつ！

ただ、どうやるんだろう？　私はノープランだけど、おじ様なら！　おじ様なら何とかしてくれる！

私が叫んだ後、若いほうの『従』は動き出そうとしていたのに、おじ様が口を開いた途端、また止まった。たぶん、おじ様がどう出るか、見ることにしたんだと思う。

――おじ様の指示で、『空の間』を一度出た赤毛の青年が、戻ってきた。

一人の、少女の手を引いて。

年は、十二歳《さい》くらい。ふわっとした銀色の髪に、宝石みたいな碧色《みどりいろ》の瞳をしている。すっごい綺麗！　薄い水色のドレスが妖精《ようせい》みたいでものすごく似合っている。服装からして貴族……この準舞踏会の、招待客？

少女が、不安そうに胸に片手を当てながら、頭をゆっくり左右に動かした。途中で顔を曇《くも》らせる。その動作に、少し違和感《いわかん》があった。もしかして目が……見えていない？

「あの……公爵様。本当に、ここに、当家の従者がいるのでしょうか？　……血の、臭《にお》いがします。エミリオは怪我を？　何か、悪いことが？」

「ターヘン伯令嬢《はくれいじょう》。残念ながら、わたしはあなたの従者の顔を知らない。それに彼は、わたしを警戒《けいかい》しているようだ。あなたが呼びかければ、彼も応じるだろう」

「はい……」

赤毛の青年に手を預け、少女が一歩、前へ出る。もう一歩踏《ふ》み出《だ》せば、その足元には、曲者が倒れている。……やっぱり、目が。青年が誘導《ゆうどう》しなければ、そこに何もないかのように、少女は二歩目を踏み出すところだった。

こんな場所に、どうしておじ様……。

「……エミリオ？　いるの？」

ギリッと歯を噛《か》みしめる音がした。フードを被《かぶ》った、若いほうの『従』の。

「──はい。ここに、おります」

彼──エミリオは、呼びかけに答えた。少女の顔に、少し血色が戻ったようだった。

「エミリオ、良かった……。怪我は、していない？」

「…………」

返答は、ない。せっかく戻った少女の血色が、再び陰《かげ》った。

「ここで何をしていたの？　用事は済んだの？　エミリオ？」

「…………」

エミリオと呼ばれた『従』は、答えない。代わりに言葉を紡いだのは、おじ様。

「──どうやら、彼はあなたには言いづらいことがあるようだ。ターヘン伯令嬢。わたしはエミリオと話をしなければならない。あなたには後で彼と話す機会を。……さあ、あちらへ」

後《うし》ろ髪《がみ》を引かれるような表情で、赤毛の青年に手を取られた少女が『空の間』を出ていく。

ターヘン伯令嬢……ターヘンとは、あのターヘン。歴史上特殊《とくしゅ》な場所なので、あの地を治める領主はターヘン伯という称号《しょうごう》を得る。伯爵、ではない。貴族の爵位《しゃくい》として独立した『ターヘン伯』がある。準舞踏会の招待客リストには載《の》っていなかったはず、だけど。

そもそもターヘン伯は普段領地……あ、諸侯会議《しょこうかいぎ》か！

ていうか、関係ないまだ小さい子を、こんなところへ連れてくるなんて……おじ様！

いや、『従』の『主』っぽいから無関係ではないにしろ、見えていなければいいってもんじゃないですよ！　臭いと、異様な空気は感じたはずだし。相当怖かったはず。

「お……」

「――屑《くず》が」

エミリオ――『従』が構えていた剣を、言葉と共に投げ捨てた。

おじ様、と口を開こうとした私の声は、完全にかき消された。

武器を捨て、投降した『従』の燃えるような憤怒《ふんぬ》の視線は、おじ様へ。

一方、おじ様の表情は変わらない。

「二つを得んとするなら、生半可《なまはんか》な覚悟で手を出そうとするものではない。そうでなければ、どちらかを捨てるしかない。覚悟なく、『主』の側を離れる危険性を押《お》してもここへやって来たのだろう、『従』よ。お前たちは確かに強いが、『主』を盾《たて》に取られれば、新兵にも劣る。――ましてや、自覚なき『主』など赤子に等しい」

「…………！」

「怒《いか》りを向けるべきは己《おのれ》だと知れ、『従』。それほど激昂《げつこう》するなら、片時も離れず『主』の側に侍《はべ》れ。――何者にも付け入られる隙《すき》を作ることなく」

む、難しい言い方で、咀嚼《そしやく》してみないとわからない……えーっと、ターヘン伯令嬢、あの美少女がエミリオという『従』の『主』だけど、本人は何も知らない……だから自覚なき？　だけど、それで『主』『従』関係って成立するのかな？　謎。

仮に、二人がそうだとして――『主』である少女は、おじ様の手中にある。

つまり。

「『主』を人質《ひとじち》に取られた『従』は、無力。両目を潰《つぶ》され手足をもがれようと刃向《はむ》かわぬ。かつて、あの悪魔が我ら『従』に使ったという手だな」

もう一人の、『従』。漆黒の瞳を持つ男が、呟いた。

――あの、悪魔？

「故《ゆえ》に、エスフィアを恨《うら》むか」

おじ様は、誰のことなのか、わかってる？

「いいや、ナイトフェロー。何も思わぬよ。私はな。そもそも、それは、『主』のいない『従』には通用しない手だ。……知っているか？　当時、あの悪魔の所業《しよぎよう》を見、考えを改めた生き残りの『従』が大勢いたことを」

その手元が、動く。

「──『主』など災《わざわ》いよ！」

吐《は》き捨《す》て、漆黒の瞳の『従』が飛び道具を続けざまに投げた。標的は──おじ様！

兵たちも機敏《きびん》だったけど、最も速かったのは、デレクだった。一投目を、投げた剣で弾《はじ》き飛《と》ばした。二投目、三投目は、兵によって防がれる。『従』の脱出を阻止するための迎《げい》撃態勢《げきたいせい》が整う。

でも──『従』の向かった先は、反対。

私だ。もしくは、シル様狙い？　シル様が暴走したのを目にしてから、この『従』の目的は変わった。シル様の、命を狙うものへと。

シル様を抱える腕に力を込《こ》める。

「殿下をお守りしろ！」

おじ様の号令が飛んだ。

──『従』と視線がぶつかった。シル様じゃない。──獲物《えもの》は、私だ。

『従』の漆黒の瞳には、力強い光が宿っていた。全然諦めていない。死ぬ気もない。ここから脱出するっていう、決意。

私を殺そうっていうより──生きて逃《のが》れるためには、王女を人質に取ればって考え。

そうなったら、おじ様も兵を退《ひ》かせるかもしれない。

私への距離を一気に縮めようとした『従』が、大きな舌打ちをした。横からクリフォードが立ち塞がったからだ。

私も、座り込んでいる場合じゃない。シル様を引っ張って、何とか移動……。

『従』と剣を交えるクリフォードの姿が、視界に映る。

下手に移動するよりも——。

浮かせかけた腰を、下ろした。

「クリフォード！　その者、生かして捕《と》らえなさい！」

シル様の『何か』をきっと知っている、『従』。普通なら、死《し》に物狂《ものぐる》いで戦っても太刀打《たちう》ちできない相手。——でも、クリフォードなら、勝てる。

殺さず、捕まえられる。信じて、いい。

「——承知しました」

クリフォードの口元が、不敵な笑みを刻む。

「生かして、だと？　舐《な》められたものだ！」

『従』の猛攻《もうこう》が始まった。

兵たちは、戦いに——私たちのほうへ近づけないでいた。

それぐらい、クリフォードと『従』、双方《そうほう》のレベルが違う。下手に助力しようと手を出せば、クリフォードの邪魔になるって、私にもわかるぐらい。

戦況《せんきょう》は、拮抗《きっこう》――少し、クリフォードが押されている。

この『従』は、エミリオという若い『従』に対しては、意識的か無意識か、戦っていてもどこか加減していたんだと思う。それに、シル様に味方して剣を振るうエミリオと戦うクリフォードに、加勢《かせい》したような場面だってあった。

――本気では、クリフォードとも対峙《たいじ》してはいなかった。

でも、いまは戦闘能力に長《た》けた『従』の本気が叩きつけられている。年の功……リーダー格だけあって、もう一人の、エミリオより、技巧《ぎこう》に長けている感じがする。

それから――クリフォードと戦ってはいるけど、避けようとも、している。

あくまでも、目的は私。『従』の目指す到達点《とうたつてん》は、クリフォードを越《こ》えた先。

クリフォードに勝たなくても、彼は私を捕まえればいい。

嫌《いや》な想像が、よぎった。

『従』は、『主』を人質に取られれば、手も足も出ない。

もし万が一、私が捕まったら。私とクリフォードが『主』『従』の関係だと知る敵に、人質として捕まったら――その人物は、クリフォードに戦いを止《や》めさせることができる。

……それだけじゃない。いわば間接的に『従』を従わせているも同然――自分の側《がわ》でクリフォードを戦わせることもできるってことだよね？

いまだったら、クリフォードとおじ様たちを戦わせる、なんてことも――。

甲高《かんだか》い、不快な音が響いた。

クリフォードの剣が、宙を舞《ま》う。

「クリフォード！」

拾うには、遠すぎる。それに、すでに『従』の剣が、振り下ろされようとしている。目を瞑《つぶ》りそうになったのを、堪えた。

上体を反らし、後ろに引いたクリフォードは、足で何かを蹴った。

――剣。

エミリオ。あの若い『従』が、投げ捨てたやつだ。

生き物のように、それは石床から跳《は》ねた。

クリフォードが、左手で、その剣を摑《つか》み取《と》る。

……この瞬間から、クリフォードの動きが一変した。

強いのは、変わらない。でも、右手に剣を持って戦っていたとき以上の。

たまにクリフォードが見せる、野生の獣《けもの》みたいな面が、すべて出たらこうなるんじゃないかって思うような。

『……あれは毒だ』

父上の言葉が、何故か脳裏《のうり》で再生された。

強すぎる、ということが、毒、なのかもしれない。

血に飢《う》えた、獰猛《どうもう》な獣が、喉《のど》を鳴らしている――気圧《けお》される、そんな戦い方。

綺麗だけど、怖い。圧倒的、な。

ただ見ているだけで、喉がカラカラになりそうだった。

まだ、決着はついていない。だけど、もう勝敗の行方《ゆくえ》は明らかだった。『従』は防戦一方。矢継《やつ》ぎ早《ばや》に繰り出される攻撃をしのぐのだけで精一杯《せいいっぱい》になっている。それに伴《ともな》い、『従』のほうに生まれる乱れが、顕著《けんちょ》に増えた。

そして――ルストにそうしたときみたいに、『従』の首に、クリフォードの操《あやつ》る剣が突《つ》きつけられる。あのときは、寸止めだった。今度は首がすっぱり切れるんじゃないかって勢いで。何より、一変したクリフォードの戦い方がそう思わせた。

呻《うめ》き声《ごえ》をあげた『従』が、崩《くず》れ落《お》ちる。

左手の剣を、クリフォードが石床に投げた。『従』の首には傷一つついていない。寸止めし、剣を突きつけていない側に手刀を入れて、クリフォードは『従』を気絶させた。

――ただ敵が倒されたからじゃない、静寂《せいじゃく》が、『空の間』を包む。

クリフォードが私を振り返った。戦いが終わってみれば、傷一つ、負っていなかった。

私の血が作った服の染みが、やけに目立つ。

視線がかち合った。少し、クリフォードの眉間《みけん》に皺《しわ》が寄る。やや伏《ふ》せられた瞳の濃い青色が、深みを増した。……一変した、あの怖いぐらいのものは、見られない。いつもの騎士然としたクリフォードだった。拾い上げた自分の剣を鞘に収めると、こちらへ歩いてくる。

何だろう？　てボーッと見てしまう。

「――御手《おて》を」

私の前で片膝をついたクリフォードが、シル様を抱える私の両手を取った。

宥《なだ》めるように、右手に触れられる。

実は、ずっとシンプルイズグッドな短剣を握《にぎ》りしめたままだった。離そうとは思ったんだけど、ここだけは指が固まったみたいになっちゃって、自分ではいかんともしがたかったんだよね。たぶん緊張《きんちょう》が残ったってていうか。

あ、いまさらながらに気づいた！　『黒扇』、どこだろ。

本来私が持っているべきは、こっちだ。いつ手放したか記憶にない。シル様のところへ走っていったときは、しっかりと持っていた。落としたとしたら、覚醒シル様の剣を避けたとき、あの辺かなあ。

包まれた右手を見下ろしながら、とりとめのない思考をしていた私は、瞬《まばた》きした。

あ、れ？

……すごい。魔法《まほう》みたいに、一本一本、丁寧《ていねい》に指が短剣から離されてゆく。グーパーグーパーをしてみる。動いた。今まで何で固まってたんだろうってぐらい。

短剣を引き取ったクリフォードは、自分の着ている白い衣装の袖《そで》部分——その生地を器用に切り取った。

「手当てをいたしましょう。応急処置になりますが。血止めにはなります」

次には、左手が。

無言で、生地が包帯代わりに左手に巻きつけられる。血がダラダラだったのが治まった！

「……ありがとう」

怖いぐらい強くても、クリフォードはクリフォードだ。私としたことが、気にしないと決めたのに、父上の意味深な言葉に惑《まど》わされるなんて！

もしかして、「そのようなことは不要です」とか返されちゃうのかな、と思ったら。

「——腹が立ちます」

「………………」

えっと……。

き、聞き間違いかな？

「ごめんなさい。いま、なんて？」

「――ひどく、腹が立ちます」

き、聞き間違いじゃなかった。どころか、ひどく、がついた。

悪化した！

シルと閣下と赤毛の青年

名指《なざ》しで、おれがナイトフェロー公爵《こうしゃく》から話しかけられたのははじめてだった。

「こんにちは、ナイトフェロー公爵。とんでもありません。ご子息《しそく》にはお世話になっています。助けられてばかりです」

どうにか挨拶《あいさつ》を返す。

「それなら何より」

「我《わ》が子を指《さ》して不肖《ふしょう》の息子《むすこ》とは、またひどい言い草ではありませんか」

公爵の視線がおれから外れ、デレクへ向かう。顎《あご》を撫《な》でながら、公爵が頷《うなず》いた。

「ならば愚息《ぐそく》が正しいか」

「……同じ意味でしょうが」

デレクがため息をついた。デレクとは友人付き合いをしていても、その父親であるナイトフェロー公爵とは数えるほどしか会話をしたことがない。それすらも、セリウスを介《かい》してだ。おれ自身がこんな風にナイトフェロー公爵に話しかけられたのもはじめてなら、デレクと公爵が親子の会話をするのを目にしたのもはじめてだった。

「それで愚息よ。お前の婚約《こんやく》の件だが」

まったく脈絡《みゃくらく》のないことを、世間話でもするかのように公爵が切り出した。給仕《きゅうじ》が配って回っている飲み物入りの杯《さかずき》を一つ手に取り、口に運んでいたデレクがむせた。

「おお、大丈夫《だいじょうぶ》か？」

「……あの件は断《ことわ》ったはずですが」

「もちろん、きちんと断った」

「なら……」

「だが、オクタヴィア殿下《でんか》に恋人《こいびと》がいるという話に触発《しょくはつ》されたそうだ。再度の打診《だしん》があった。お前が殿下と開幕のダンスを務めたのを見てなお、だ。もしくは、だからこそと言うべきか？」

顔の向きを変えた公爵が見つめる先には、中年の貴族男性と、その娘だろう令嬢《れいじょう》の姿があった。貴族男性のほうには、見覚えがあった。最低限、覚えなくてはならない人物として頭に叩《たた》き込《こ》んだ――いわゆるセリウス派に属している伯爵《はくしゃく》だったはずだ。

「男の愛人についても織《お》り込《こ》み済みだそうだ」

さらりと公爵が発した言葉に、動揺《どうよう》した。

おれの、定まっていない部分。

おれが、頭ではわかっているのに、感情で拒絶《きょぜつ》しそうになる事柄《ことがら》。そこを、突《つ》かれた気がした。

チラリとデレクがおれを見、公爵に返した。

「そんなもの、いませんが」

「女性の側から、愛人についてわざわざ言及《げんきゅう》したということを軽く考えるな。お前の口から断らねば、先方は諦《あきら》めそうもない」

「……わかりましたよ」

観念《かんねん》したようにデレクが息を吐《は》く。

「シル、悪い。少し外す。——いいか。さっきも言ったが、誰《だれ》が目を光らせているかわからない。警戒《けいかい》を怠《おこた》るな」

「気をつけるよ」

おれに念を押《お》してから、歩き出した。そんなデレクの背中を見送って、公爵が苦笑《くしょう》した。

「我が息子ながら、まるでバークス殿《どの》の母親のようだ」

動揺が、尾《お》を引いていた。返答するまで、ほんの少し、余計に時間がかかった。

「……おれが頼《たよ》りないからだと思います。ご子息は面倒見《めんどうみ》が良《い》いんです」

「息子は公爵家の跡取《あとと》りとしては少々甘《あま》いところがある。情に流されやすいところが」

「おれは、長所だと思います」

「見方を変えれば、バークス殿の言う通りだ。時に、わたしも息子が羨《うらや》ましくなるときがある。同時に、どうしようもなく歯がゆく感じることも」

——白か、黒か。

ナイトフェロー公爵——レイフ・ナイトフェローという人物に関して、よく言われている言葉が連想された。

公爵は、人によって評価が正反対にくっきり分かれる。

領民想《りょうみんおも》いで慈悲深《じひぶか》い。血も涙《なみだ》もない悪魔《あくま》。

同じ人物を指しているとは思えない言葉が並ぶ。だからといって、公爵の人格が破綻《はたん》しているわけじゃない。たぶん、単純なことだ。

公爵は、味方には優《やさ》しく、敵には容赦《ようしゃ》しない。

どちら側の人間になるかで、公爵を白と思えるか、黒と思えるかが決まる。

おれには、まだピンと来ない。おれがどちらでもないからだと思う。

オクタヴィア様についてデレクが一貫《いっかん》して中立だったように、公爵は、おれという存在に対して中立の立場を取っている。

……歓迎《かんげい》も否定もしていない。

そして、同じ中立でも、デレクのそれと公爵のそれは、意味合いが違《ちが》うように感じる。

もちろん、敵意はまったく感じない。だけどそれは——。

「ナイトフェロー公爵。こちらにおいででしたか！　ぜひご挨拶《あいさつ》をさせてください」

招待客の一人がそう呼びかけ、公爵に近づいた。すると、機会を窺《うかが》っていたらしい人々が次々と続く。ナイトフェロー公爵と繋《つな》がりを持ちたい人間は、大勢いる。

その応対のため、公爵が人々を引き連れて移動を始めた。

「では、バークス殿。──また」

……また？

おれは会釈《えしゃく》を返し、ただの社交辞令かもしれないその言葉が少し引《ひ》っ掛《か》かって、すぐに顔を上げた。ナイトフェロー公爵は、とうにこちらを見てはいなかった。


デレクや公爵と離《はな》れ、状況《じょうきょう》は振《ふ》り出《だ》しに戻《もど》った。

一人だ。遠巻きに、出方を窺われているのを肌《はだ》で感じる。その中に、実の家族か、それに繋がりそうな人間がいるのかどうか。

──気をつけろ。警戒を怠るな。

オクタヴィア様にも無理を言って協力してもらったんだ。必ず収穫《しゅうかく》を得て帰らなければ。

……でも、弱ったな。

依然《いぜん》として視線を感じながら、広間の隅《すみ》まで歩く。

そこから、招待客たちを眺《なが》めた。

勘《かん》に頼ろうにも、実の家族……だと思えるような人は、いない。

おれに情報を寄越《よこ》した『誰か』が、接触《せっしょく》してくる気配も。

おれが人気《ひとけ》のないところへ行くのを待っている？　広間を出て、どこかへ行ったほうがいいんだろうか。

それを実行するのは、デレクの目が離れたいまなら可能だ。

ただし、すんなり手がかりを摑《つか》んで家族に会えた場合は良いとして、罠《わな》だったときは？

一対一なら何とかなっても、複数で襲《おそ》われでもしたらおれ一人で対処できるか？

人目のないところへ移動するにしても、相手が安全だとわかってからじゃないと……。

考え込んで、しばらく時間が過ぎた。

——カタン、と何かが落下した音が近くから聞こえた。音の発生した方向——右隣《みぎどなり》を見る。

杖《つえ》だ。上品な作りをした木製の杖が、落ちていた。

水色のドレスを着た少女が、その杖を拾おうとしている。なのに、少女の手はなかなか杖のある場所へ行き当たらない。

「どうぞ」

近づいて、杖を拾い上げた。少女へ渡《わた》す。杖に触《ふ》れると、ほっとしたように白い小さな手がその持ち手を握《にぎ》った。

「ありがとうございます」

にこりと少女が笑った。声の位置から判断したんだろう。顔はおれのいるほうへ向いている。ただ、顔を上げたその碧色《みどりいろ》の瞳《ひとみ》は、おれを映してはいない。

年はせいぜい十一、二歳《さい》といったところだと思う。

──招待客だとしても、まさか一人で？

この年頃《としごろ》の子が準舞踏会《じゅんぶとうかい》に出席しているときは、親や年長の兄に連れてきてもらっている場合がほとんどだ。本人が招待されていても、必ず成人した同伴者《どうはんしゃ》がいる、はず……だった。

「君の付き添《つそ》いの方は？　捜《さが》してこようか？」

今度は、首を傾《かし》げてくすりと少女が笑った。綿毛《わたげ》のような銀色の髪《かみ》が揺《ゆ》れる。

「心配してくださっているんですね。従者がおりますので大丈夫です。いまは、飲み物を取りにいってくれています。わたしはここでお留守番《るすばん》なんです」

「なら良かった」

でも、従者が来るまでは一緒《いっしょ》に待っていたほうがいいかもしれない。

「あの……わたしはリリーシャナと申します。あなたのお名前は？」

舞踏会や準舞踏会で自己紹介《じこしょうかい》をするとき、姓《せい》を述《の》べず名前だけを口にするのは、身分を抜《ぬ》きにした会話をしたいときだ。仮面舞踏会で仮面を着けるのと似ている。

「おれはシルというんだ」

「シル様ですね！」

ぱっとリリーシャナの顔が輝《かがや》いた。

シル、といえば誰なのか、もう良くも悪くも王都では――ましてや貴族なら、リリーシャナぐらいの年齢《ねんれい》の子の間でも知《し》れ渡《わた》っている。でも、リリーシャナは知らないようだった。

諸侯会議《しょこうかいぎ》のために遠方から来た貴族の子か。だから、最近の王都の事情に疎《うと》いんだろう。

そのことに対して、嬉《うれ》しいと感じてしまった自分に気づいて、心の中で苦笑いが出た。……これじゃ、駄目《だめ》なんだけどな。

「シル様は、このような準舞踏会に、慣れていらっしゃいますか？」

「おれは……慣れたいとは思っているかな。リリーシャナは？」

「わたしははじめてです。――見えなくても、華《はな》やかな雰囲気《ふんいき》が感じられて、楽しいです。ナイトフェロー公爵には何度お礼を言っても足りません」

「ナイトフェロー公爵に？」

リリーシャナが頷いた。

「はい。公爵が空《あ》きが出たからと、ご親切にも昨日招待してくださったんです」

……空きが？　昨日、急に？

むしろ、今夜の準舞踏会はオクタヴィア様が出席すると決まってからは、招待状を手に入れようとした人間が殺到《さっとう》したほどのはずだ。

「……あ！」

リリーシャナが、声をあげた。待ちきれないという様子で、杖と足を動かし出す。

「リリーシャナ？」

「足音が。従者のものです。迎《むか》えにいってきます」

「リリー――」

せめてリリーシャナと彼女の従者が再会するのを見届けようとして、追いかける。

その一歩目で、

「おっと、失礼」

わざとらしい謝罪の声と共に、飲み物がおれに振《ふ》りかけられた。

杯を手に、おれにぶつかってきたのは、赤毛の青年だった。

身体《からだ》が細めで、髪と同じ色の仮面を着けている。……仮面を着けて社交を楽しむ。今夜の準舞踏会では、饗宴《きょうえん》の間《ま》で催《もよお》されている趣向《しゅこう》だ。中には饗宴の間限りのことではなく、好んで仮面姿のままでいる招待客もいる。青年はその一人のようだった。

杯の中身がかかった部分から、葡萄酒《ぶどうしゅ》の匂《にお》いがする。

ただ、色はほとんどついていない。白葡萄酒だ。

酒で濡《ぬ》れたおれの礼服を見て、青年が仮面越《ご》しでもわかるぐらい顔をしかめた。

「これはひどいな。よそ見をしていました。──お詫《わ》びに着替えを用意させてください。シル・バークス様」

「…………」

ただの、嫌《いや》がらせか。そうではなく、これが『誰か』からの、おれへの接触、だとしたら。

目でリリーシャナの姿を捜す。若い男──従者らしき人物と無事合流できたようだ。信《しん》頼《らい》しきった笑顔《えがお》で従者に話しかけている。

リリーシャナは大丈夫だ。……おれは、どうする？

「──ま、これで迷わずついてくるなら、どんだけ頭足りないんだって話だよねえ」

赤毛の青年が、がらりと物言いを変え、小声で呟《つぶや》いた。

ついで、おれの服についた白葡萄酒を、取り出した手巾《ハンカチ》で拭《ぬぐ》う振りをして囁《ささや》く。

「俺《おれ》はナイトフェロー公爵の使いだよ。閣下《かっか》はバークス様にわざわざ『また』って言っただろ？」

……言っていた。

ただ、公爵と別れたとき、この青年は周囲にいなかったはずだ。

──本当に公爵の使いなのか。

──あの会話を聞いていた別の招待客から内容を知って、それを利用したか。

青年が、離れた。水分を含《ふく》んだ手巾を振ってみせる。

「手巾で拭った程度ではどうにもならないようです。やはり着替えたほうがいいと思いますよ。私にお詫《わ》びさせてくださいませんか」

少しの間の後、おれは頷いた。

「――そうですね。お言葉に甘えます」

赤毛の青年に案内されて着いたのは、実際に『天空《てんくう》の楽園《らくえん》』で衣装替えのために使用されている男性専用の部屋だった。礼服に葡萄酒をかけられたおれが行っても、特別おかしくはない。ただ――中で待っていた人物は、いてはおかしい。

もし着替えのためなら、高位貴族専用の部屋を使ってしかるべき人物だ。この目で見ても、まだどこか信じられない気持ちがある。

「ようこそ、バークス殿」

「……お招き、ありがとうございます」

それに、何故《なぜ》、こんな方法でおれを呼ぶ必要がある？　おれと話すだけなら、広間でも充《じゅう》分《ぶん》だった。

おれに向かって穏《おだ》やかに微笑《ほほえ》んだのは、黒髪《くろかみ》に暗灰色《あんかいしょく》の瞳をした――ナイトフェロー公爵だった。

「ね、閣下が呼んでるって嘘《うそ》じゃなかったでしょ。あ、俺のことはお見知り置きせず、この場限りの通りすがりの人間だと思ってくれれば問題ないからね」

気の抜けるような声で言ったのは、仮面を着けた赤毛の青年だった。

「——言い方というものがあるだろう」

ナイトフェロー公爵が深いため息をつく。こういう仕草は、その面差《おもざ》しに加え、デレクとよく似ていて、親子だと感じさせる。

違うのは……デレクなら、たとえこんな風に呼び出されても疑いの気持ちは起こらない。その父親である公爵のことは——そこまで信じられない。

「いやあ、でも要するにそういうことでしょ？　閣下。あ、そうだ聞いてください。饗《きょう》宴《えん》の間《ま》で、オクタヴィア殿下の護衛《ごえい》の騎士殿《きしどの》にダンスの誘《さそ》いをかけたんですが、断られました！」

「お前は……何をしている」

「いやに職務を強調されたんで、俺が純粋《じゅんすい》な招待客じゃないってバレたのかって冷や冷やしましたね。いやあ、おっかないです。武器は一切《いっさい》なし。どこからどう見ても弱そうで繊細《せんさい》な貴公子《きこうし》な俺なのに。その後偶然《ぐうぜん》殿下と踊《おど》っていた間も生きた心地《ここち》がしませんでした！　殿下には一回足を踏《ふ》まれかけました！　……あれって俺、釘《くぎ》を刺《さ》されたんですかね？　閣下、どう思います？」

「偶然踊った？　お前は命令外の行動が多すぎる」

「だって閣下。俺は常に出会いを求めているんです。男も女も歓迎です。ただし、美形限定で！　美形は人類の財産！」

「……バルドが嘆《なげ》くぞ」

「親父《おやじ》殿なら庭園警備の指揮をとってる頃《ころ》でしょう？　俺へ説教するために戻って……きかねないな……。いや、俺はああはなりたくないですね。堅物《かたぶつ》すぎて。親父殿があああなのは閣下のせいですよ」

「バルドはあれでいい。人にはそれぞれ相応《ふさわ》しい役割がある」

「だから俺はこういう役回りってわけですか？　いいですけどね。さーて、バークスちゃんの気分もほぐれたかな？　ど？」

唾《つば》を呑《の》み込《こ》む。おれは口を開いた。

「――ナイトフェロー公爵。どんな用があって、ここにおれを呼んだのですか。……デレクに知られては、不味《まず》いことなのですか」

あのときは、別のことに動揺していて、何とも思わなかった。いまは、デレクが離れおれが一人になるよう、公爵が誘導《ゆうどう》したように感じる。

「息子は貴公《きこう》の友人だ。心情的に近すぎる。これからわたしが君に頼《たの》もうとしていることを知れば、きっと邪魔《じゃま》をするだろう。だから息子にはバークス殿から少々離れてもらった」

……頼もうとしていること？

「おれに、何をしろと？」

「その前に、幾《いく》つか確認《かくにん》しておかなければならない。君は何故、単独でこの準舞踏会へ出席しようとした？」

それは、オクタヴィア殿下にしか打ち明けていないことだった。

おれが答えないことを何ら気にすることなく、公爵が話を続ける。

「何らかの情報が、君の元へ届いたからでは？」

「…………！」

公爵を凝視《ぎょうし》する。

――この人が、おれの本当の家族が、レディントン伯爵の準舞踏会へ出席すると、情報を？

静かに、公爵が首を横に振った。

「誤解のないよう言っておこう。その情報の内容はわたしも知らない。ただし、そちらへ情報が届くよう策《さく》は弄《ろう》した」

「……おれの元へ、届くように？」

だとしたら。

「誰が、おれへ情報を渡したか、ご存じなんですか」

「――鼠《ねずみ》の一種だよ」

「ねず、み」

「糾弾《きゅうだん》するのが難しい不穏分子《ふおんぶんし》。エスフィアに間接的に仇《あだ》なす者。言い方は様々だが、一掃《いっそう》すべき敵であることは確かだ。放置していれば別種と交流を持ち、繁殖《はんしょく》して巣を増やす。大元の巣を叩《たた》かねば減らしても成果は微々《びび》たるものだ。だが、なかなかその巣からは出てこないのが困りものだ」

「……その鼠が、巣から出て、おれへ接触しようとしている？」

公爵が、生徒に対して褒《ほ》めるかのように小さく笑って頷いた。が、すぐに消える。

「――よもや、バークス殿も鼠の一種かと考えた」

デレクに似た面差しの公爵は、物腰《ものごし》が柔《やわ》らかで穏やかな雰囲気を持つ男性だ。それは、あくまでも表情のせいなのだと、いまさらながらに気づいた。作った表情が消えると、彫像《ちょうぞう》のように整った顔立ちには、刺すような冷たさしか残らない。

身体にぞくりと震《ふる》えが走った。

「王族が恋に惑《まど》わされ国を傾《かたむ》ける――たとえば、バークス殿が鼠の指示でセリウス殿下と恋仲《こいなか》になったのだとすれば？　殿下を通して国政を乱れさせることができる」

瞬間《しゅんかん》、怒《いか》りが頭を占《し》めた。

「セリウスは、そんな愚《おろ》かなことはしません。おれへの愛情で政《まつりごと》を曲げるような人間じゃない」

「……だと良いが」

拳《こぶし》を握りしめる。おれの訴《うった》えは、ナイトフェロー公爵の心には、特に響《ひび》いていない。それが、何となくわかって、歯がゆかった。

「公爵は、おれが鼠の一種かどうか、確かめるために、呼んだのですか」

「閣下。バークスちゃんを苛《いじ》めすぎですよ。美形には優しく！　安心しなよバークスちゃん。疑いは綺麗《きれい》さっぱり晴れてるから！　白か黒かで言えば白。単に向こうがバークスちゃんを狙《ねら》ってるってだけだったわ。だからセリウス殿下があんな厳戒態勢《げんかいたいせい》なわけだ」

赤毛の青年が口を挟《はさ》む。

これが事実なら、おれは不穏分子《ふおんぶんし》だと思われては……いない？

ナイトフェロー公爵が、苦笑を漏《も》らした。

「セリウス殿下は、貴公を厳重に守っている。余計なものに一切煩《いっさいわずら》わされることのないよう、怪《あや》しげなものは通さないよう。いくら鼠が餌《えさ》をまこうとしても、取り付く島もないほどに」

おれに情報を届けた人間は、公爵の言う鼠の、たぶん末端《まったん》だ。捕《つか》まえたところで大元には辿《たど》り着《つ》けない。——捕まえるより、目的を達成させることを公爵は選んだ。

「……公爵は、鼠の手助けをした。そういうことですか」

「普段《ふだん》なかなか尻尾《しっぽ》を出さない者たちが、バークス殿には拘《こだわ》っている。そして君は準舞踏会への出席を独断で決めた。情報には、君を動かす何かがあったのだろう。――わたしにとって重要なのは、君が鼠への餌となり得るということだ」


扉《とびら》が閉じてゆく。その様をただ、見ていた。

公爵が出ていったばかりの部屋には、赤毛の青年とおれだけが残っている。

……ナイトフェロー公爵との対話は、ごく短い時間で終わった。

話というよりは、質疑応答《しつぎおうとう》だった。

おれは、公爵に協力を求められた。

望まれたのは、餌として捕まり、罠にかかること。

公爵は、餌に気を取られた鼠を捕まえる。

セリウスがいたら許さなかったと思う。デレクがいても、反対しただろう。だから公爵は、おれ自身に尋《たず》ねた。

それから――。

『――確固たる証拠《しょうこ》があれば、陛下《へいか》も動かざるを得ない』

質疑応答の最中、公爵が口にしたあの言葉。あれはまるで、陛下が動きたがっていないーー不穏分子を野放しにしたがっているかのようにも、聞こえた。

去り際の、公爵との会話が、頭の中に留《とど》まっている。

『おれが、公爵のお話を引き受けなかったら、どうなりますか』

『貴公に限って言えば、何事もなく準舞踏会を楽しみ、帰宅することになる。選択《せんたく》の自由はバークス殿にある。ーー良い夜を』

それまで、疑念を完全には消せずにいた。

話を額面通《がくめんどお》りに受け取っていいのか？

ナイトフェロー公爵こそが、おれを準舞踏会へ誘《さそ》い出《だ》した『誰か』なんじゃないか。

そして、おれを狙っている何者か、なんじゃないか。

ーーだとすれば、おれがこの部屋に来た時点で煮《に》るなり焼くなり好きにできたはずだ。

捕まえることも。

でも、そうなってはいない。

考えるべきは、ナイトフェロー公爵からの頼まれ事を引き受けるか否《いな》かだ。

このまま部屋を出ていっても構わない。残った赤毛の青年にも、別段、止められたりはしないんだろう。ーーそれなら。

おれは、青年のほうを向いた。

「……訊《き》いてもいいですか」

「どうぞどうぞ。俺に答えられることなら」

軽い調子で、赤毛の青年が答える。それでいて、彼が仮面を外す気配はない。

公爵の説明では――この青年は、ナイトフェロー公爵の部下ということだった。それも、鼠たちの中に潜《もぐ》り込《こ》むことに最も成功している間諜《かんちょう》。おれの目にはそんな風には、とても見えない。だけどそれこそが、彼が潜入《せんにゅう》に成功している証《あかし》なんだろう。

「もし、おれが協力せず、準舞踏会に戻ったら、鼠はどうなるんでしょうか」

「オクタヴィア殿下狙いのほうは、捕まると思うけど？」

「……え？」

「あれ？　初耳な感じ？　殿下が出席して目立ってくれてるから、向こうもこっちもやりやすくなったんだけど」

「オクタヴィア様が狙われているんですか？　だったら犯人をさっさと捕まえないと……！」

青年の胸倉《むなぐら》を掴んだ。

「うお！　俺、誇《ほこ》れるの口の上手《うま》さと逃《に》げ足《あし》だけだから！　次点でダンスね！　暴力反対」

「あ……すみません」

ぱっと離す。

「……見かけによらないね、バークスちゃん。好戦的？」

「落ち着いているほうが変でしょう！　オクタヴィア様が……！」

赤毛の青年は、露出《ろしゆつ》している頰《ほお》の部位を指でかいた。

「あー、そっちは親父殿……閣下の腹心《ふくしん》が任されてるから。俺と違って剣技《けんぎ》の達人だし、オクタヴィア殿下に危害が及《およ》ぶことはないと思うよ。つーか殿下の側にはおっかないのが控《ひか》えてるし」

「そうか……アルダートン様……」

「そうそう。護衛の騎士殿ね。単純な危険度なら、バークスちゃんのほうが高いんじゃない？」

「まだ、おれが訊きたいことに答えてもらっていません。おれを狙う鼠のほうは、おれがあなたに捕まらなかったらどうなるんですか」

協力する場合、この青年が、鼠――曲者《くせもの》であり、おれの素性《すじよう》を知るかもしれない人間――の元へ、おれを連れていく手筈《てはず》になっている。

「俺も何とか首が繫がってる下《した》っ端《ぱ》だからなあ……。感触《かんしよく》からすると、一旦《いつたん》退《ひ》くんじゃない？　本当ならさ、閣下が出張《でば》るところでは、餌が良くてもあんまり手を出したくないはずなんだよ」

「どういう……」

「んー。バークスちゃんはさ、警備が厳重なところへわざわざ泥棒《どろぼう》が入りたがると思う？　面倒臭《めんどうくさ》そうなところは避《さ》けるでしょ。断然楽なほうがいい。警備がガバガバな……つまり、舐《な》めてかかれるぐらいのほうが、泥棒は嬉しい。だからこの準舞踏会の主催者《しゆさいしや》はレディントン伯爵なわけだ。実際のところまったくそんなことはないんだけどさ、先入観《せんにゆうかん》を持つわけ。女貴族の取り仕切る準舞踏会なら御《ぎよ》しやすいに違いないってね。現に、オクタヴィア殿下狙いの奴《やつ》らは騙《だま》されてるし？」

言葉を切った青年が、首を傾《かたむ》けて赤色の後《うし》ろ髪《がみ》をかいた。

「ただし、俺も頑張《がんば》ってるんだけど、バークスちゃん狙いの——あ、俺が入り込んでるほうね、こっちはあんまり楽観的には見ていない。閣下がいるってだけである程度警戒されてるね。バークスちゃんが準舞踏会に来たから、計画を続行しましたって感じ。あとは——この場所かな」

「場所？」

「妙《みよう》に『天空の楽園』に詳《くわ》しいんだよなあ、奴ら。閣下もそれを予期してたっぽいっていうか……バークスちゃんっていう餌に綺麗な包装紙をかけて魅力《みりよく》を上げた的な？」

「あの……たとえがよく……」

「うーん……。鼠を巣からおびき出す要素として、『天空の楽園』も欠かせない舞台装置！　これならどう？」

「あ、はい。つまり……今夜は、鼠を捕まえる絶好の機会、ということですよね？」

「そうなるね」

聞けば聞くほど、断る、という選択肢《せんたくし》が薄《うす》れてゆく。

最初から、おれの返答は決まっているようなものだった。

「俺ね」

腕《うで》を組み、真剣《しんけん》な面持《おもも》ちで赤毛の青年が口を開いた。

「バークスちゃんも聞いてたと思うけど、美形や美人は財産だと思ってるんだよね」

「……はあ」

協力するよう説得されるのかと思ったら——何なんだ？

「男も女も顔が良ければ割と中身はどうでもいいかな。ほら、自分にはないものを求めるってやつ？」

「え？　いや……」

「あー、いいのいいの。慰《なぐさ》めてくれなくても。仮面を外したら美形ってこともないからね、俺。まあ、そこそこ？　雰囲気で美形感を醸《かも》し出《だ》す技は取得した。まあとにかくさ、俺は美人なバークスちゃんにも好感を持っているわけ」

「………」

自然と、胡乱《うろん》な目つきになっていた。褒め言葉だとしてもまったく嬉しくない。

「だからさ、助言！　バークスちゃんは閣下のお話を突っぱねるのが良いと思います」

「いや、でも……」

何なんだ？

「あのさ、バークスちゃんを連れていった先での、バークスちゃんの身の安全の保障はされないよ？　俺の最優先はバークスちゃんを守ることじゃないから。奴らが今夜集まっている場所を突《つ》き止《と》めて、捕まえられるよう閣下へ連絡《れんらく》すること。最悪の場合、そのために自分だけ脱出《だっしゅつ》するつもりだし。こっちに関して、閣下は用意した兵を不用意には動かさない。ま、オクタヴィア殿下が関われば別だろうけど。――軽い気持ちで引き受けるのは止《や》めたほうがいい」

「危険、ですか」

「……死ぬかも？」

じゃあ、なおさら、信憑性《しんぴょうせい》がある。

少なくとも、おれを狙っている人間と直《じか》に接触できる、ということだ。それも、向こうはおれが完全に術中《じゅっちゅう》に嵌《は》まったと信じている中、一応の味方もいる状況で。

「やっぱ死ぬのは嫌だよね。俺としても貴重な美人がいなくなるのはちょっと。だから今回は」

「……おれ、行きます」

「はい？」

「ナイトフェロー公爵に協力します」

「……囮《おとり》になるの？　囮っていうかさ、バークスちゃんは奴らの狙いそのものだけど」

「……みたいですね」

息を吐いた。いい加減、おれだってその理由を知りたい。その理由が、おれの生まれにあるのだとしたら、なおさら。

セリウスに寄りかかって、守ってもらっているだけでは、前へ進めない。

「いやー、俺の言葉の意味、わかってる？　閣下は時機良く助けになんて来てくれないよ？　その上で選べってことなんだけど。このまま準舞踏会を楽しんだからって、後日閣下がバークスちゃんに意地悪をするとかもないしさ。そういうところ、さっぱりしてるから閣下は。まー、逆方向でもさっぱりしすぎてて怖《こわ》いんだけど。その点をデレク様が受《う》け継《つ》いでなくて良かった良かったって俺本気で思う。奥方様《おくがた》に似たんだよな。デレク様は利《り》益相反《えきそうはん》でも友達は大切にする方だし。いきなり切り捨てたりしないし」

怒濤《どとう》の勢いで話し続ける青年の言葉を、おれは遮《さえぎ》った。

「あの……さっきから、おれが協力したら困るんですか？　そのほうがあなたにとっても任務が遂行《すいこう》しやすいのでは？」

「そうなんだけどねー、ほら、俺美人には親切だから！」

　ぐっと青年が笑顔で親指を伸《の》ばした。

「…………」

　おれはまた、胡乱な目つきになっていた。一瞬《いっしゅん》、その親指を折り曲げてやりたい衝動《しょうどう》に駆《か》られる。

「じっくり考えて決めたほうがいいよ。他に質問があれば受け付けるしさ」

　……他に、か。

「良ければ、この計画の全貌《ぜんぼう》を教えてもらえますか？　おれもそのほうが動きやす」

「あ、それは俺も知らないわ」

　手をパタパタと振り、あっけらかんと赤毛の青年が答えた。

　ちょっと耳を疑った。

「……知らない？」

「うん」

　わけがわからない。

「ぜんぶが頭に入ってるのは閣下だけじゃないかなー。俺なんか、そのうちの一の役割。あ、ちょっと訂正《ていせい》。今回は一から三ぐらいまでは来てるかな」

「……それ、公爵は誰も信じていないってことですか？」

「どうかなー。振られた役割に関しては絶大な信頼を寄せられてると思ってるけど？　実際さ、内部から裏切り者が出たら、全部敵に筒抜《つつぬ》けになるし。往々《おうおう》にして権力者ってそういうもんでしょ」

「あなたは、不安になったりは、しないんですか？」

「全然？　全貌は閣下の頭の中にあるんだし、俺らはその手足となって動けば良し。閣下がうまい具合に各《おのおの》に数字を割り当てる。それが嵌まれば、閣下の頭の中にある合計の数字になる。仮に数字が狂《くる》っても、閣下が修正して指示を出し直すし。基本、閣下は無駄《むだ》なことはしないよ」

――無駄なことはしない。

広間で出会った少女、リリーシャナのことが脳裏《のうり》に浮《う》かんだ。

あの子は、ナイトフェロー公爵が直前にわざわざ招待した、予定にはなかった出席者だ。公爵だけが思《おも》い描《えが》く意図が、あるんだろうか。

「ま、俺は閣下の部下だからね。慣れてるんだよ。閣下は俺たちをどの部分まで信じるか明確に分けてるだけ。つーか、俺が一から十まで知っている状態で敵に拷問《ごうもん》されたら白状《はくじょう》する自信あるね。けど、知らなければ答えられない。さっきの質問だけど、閣下がバークスちゃんに伝えるべきだと思ったことは、全部伝えていると思うよ」

「そう、ですか……」

「で、やっぱりバークスちゃんは囮になるんだ？」

「なります」

肯定《こうてい》する。

「ふーん。バークスちゃんはむしろ、鼠に用があるのかな？」

「…………」

これには、答えなかった。逆に、問いで返した。

「最後に一つ、質問が」

「いいよいいよ。何？」

「今回のことは、ナイトフェロー公爵が中心になって動いていると思います。でも、おれはともかく、オクタヴィア殿下が……たとえ危険性は少ないとしても狙われているんでしょう？　それがわかっていたなら、陛下にお話しして、国軍を……」

「うーん。たぶん無理」

否定されるだろう、とは思っていた。おれが知りたかったのは、どうして国でなく、公爵が個人で動いているかだ。

が、こんな風に即答《そくとう》されるとは予想していなかった。

「オクタヴィア殿下を守りはしても、陛下がするのはそれだけ。鼠の一掃には繋がらない」

「……何故ですか」

「閣下の下で働いているとさ。見えなくてもいいものまで見えるんだよね。俺が思うに、陛下ってエスフィアが嫌《きら》いだよね。自分が治《おさ》める国がさ」

「そ……」

おれは絶句《ぜっく》した。

そんなことは、ない、はずだ。陛下は、立派な王じゃないか。

「これ不敬罪《ふけいざい》になるかなー。セリウス殿下に言う？」

言えるわけがない。

「先代の王って、すっげえ怠惰《たいだ》な王で有名だったの。それでもエスフィアはうまく回っていたわけだけどさ、対照的だったのが、当時王太子《おうたいし》だった陛下だよ。さすがセリウス殿下の親。そっくり。あ、直接血は繋がってないか。まあ、美形な上に完璧《かんぺき》超人《ちょうじん》だったと」

「あの、何が言いたいんですか？」

「端的《たんてき》に言うとさ、王太子だった頃と全然違う。即位《そくい》してからの陛下は、一見素晴《すば》らしい王様だけど、エスフィアを弱体化させるようなことをしてる」

「……具体的に、例を示せるんですか」

「最近だと、ほら、一年前のサザ神教《しんきょう》との戦争。あれだって、陛下、やろうと思えば事前に止められたのに、待ったでしょ。――何かを、推《お》し測《はか》るみたいにさ。暴発して本格的な戦《いくさ》になるまで」

あの戦は、エスフィアの勝利に終わった。凱旋式《がいせんしき》が王都で盛大《せいだい》に行われた。

「それが問題視されていないのは、結局はエスフィアが勝って、結果的には、別に国は弱体化してないから」

「…………」

おれは、何も言えなかった。

反論できるほど、政情に精通《せいつう》していない。

「セリウス殿下と結婚《けっこん》するかもしれないバークスちゃんは、心の隅にでも留《と》めておいてよ。今夜死なければ。あと、死んでも俺を恨《うら》まないでね」

「……死ぬって決めつけないでもらえますか？」

「遺言《ゆいごん》ある？」

「……聞けよ」

「あ、バークスちゃんがグレた？」

なんだか、身体からどっと力が抜けた。

「……そのバークスちゃんっていうの、止《や》めてください」

「えー、やだ」

と、ここで、赤毛の青年の調子が変化した。

「――なんて冗談《じょうだん》はさておきさ、準舞踏会に戻るならいまなんだけど。閣下の頼み、本気で引き受けるつもり？　バークス様は」

おれは、はっきりと顎《あご》を引いた。

痛みが、首筋に走った。手で押さえるも、遅《おそ》すぎる。
目隠《めかく》しを剝《は》ぎ取《と》った。
目に入ったのは、青だった。
——青い。
青い、部屋だ。『空の間』のまま？
まさか。かなりの距離《きより》を歩いたのに。
思考が、まとまらない。
振った手が、何かに当たった。石の、墓。字が、彫《ほ》られている。
——イデアリア・エスフィア？

知らない。
『我が「主《しゅ》」』

……知っている？　いや、知らない。

かぶりを振る。

赤毛の青年に騙《だま》され、捕まった虜囚《りょしゅう》として、まず『空の間』まで連れていかれた。目隠しをされた。青年以外に人が増え、さらに歩いた。着いたのが、ここだ。

赤毛の青年は、誰かに褒められ――そして俺は、何かを、打たれた？

実の家族について、問い質《ただ》す時間すら与《あた》えられなかった。

膝《ひざ》をついた。立ち上がりたいのに、できなかった。身体が思うように動かせない。

「毒ではない。しばらく意識を失う」

「！」

男の声がした。

意識を、失う？　……嫌だ。

だったら、毒のほうがマシだ。

いっそ、死よりも、おれは、意識を失うほうが怖い。子どもの頃から、そうだった。何か知らないものが、顔を出してしまう気がする。

――駄目だ。意識を保《たも》て。怖い。

あの人に助けられたときも、そうだった。

たぶん、あの人が来なかったら、あそこにいた全員――。

おれ、が。

「何も起こらない」

言葉と共に、一振りの剣が、無造作に落とされた。抜き身だ。おれが手を伸ばせば、すぐにでも届く距離。……何のために？　いや、どうしてか、考える必要はない。——掴めれば。

「お前が、我らの危惧《きぐ》する者でなければ」

……危惧する、者だったら？

声は掠《かす》れ、口が動いただけだったのに、男が答えた。

「殺す。……恨むなら、禁忌《きんき》を犯《おか》したお前の両親を恨め。いかなる理由があろうとも、『主』と『従』が——」

男の言葉を終わりまで聞き取ることなく、意識は沈《しず》んだ。

43

と、とりあえず謝《あやま》っておくのはありかな。

うん。そうしよう。謝ろう！

そう、謝……。

でも、ここではっとした。

私が謝ったら、立場上、問答無用でクリフォードは許すしかないんじゃあ？　表面的な解決にしかならない！

それに、クリフォードが何に怒《おこ》っているのか、微妙《びみょう》にわからない……！

──対象は私だとして。

考えられるのは、やっぱりあの騙《だま》し討《う》ちみたいな命令かな。それとも自分で手をざっくりやったこと自体？　この怪我《けが》？　クリフォードの短剣《たんけん》を自傷行為《じしょうこうい》に使ったこと？　ど、どれかだとは思うんだけど。いっそ全部……。

もし、他の、自分では気づいていない何かだったらお手上げだ。

クリフォードの正確な怒《いか》りポイントを知っておくべきな気がする。

私が今後もやらかさないためにも！

「ひどく、腹が立ちます」の後、見つめていた応急手当て済みの自分の左手。そこから、そろそろと視線を上げる努力を開始する。いや、だって、怒っているであろうクリフォードの顔を直視し続ける勇気がね？　早々にどこかへ逸《そ》らすってもんでしょう！

ゆ、勇気を出すぞ。勇気！

まずは対象の確認《かくにん》から！

「――クリフォードは、両利《りょうき》きなのかしら？」

が、私の口から飛び出たのはこれだった。

ちょっとだけ顔は上げられたものの、つい、逃《に》げに走ってしまった！　あの会話の流れでこれはない。ないよ！　質問自体はさっきの戦いを見ていて気になったことだけど！

「……いえ。右利きです。どちらも扱《あつか》えるだけです。用途《ようと》によって、使い分けを」

普通《ふつう》に答えが返ってきた。クリフォードの感情が全然読めない。

「……そう」

よ、よし、こうなったら、会話を続けて、なるべく自然に本題に入る。

「剣《けん》は、左手のほうが得意ということ？」

「右手より、武器全般《ぜんぱん》が馴染《なじ》みすぎるきらいはあります」

「馴染みすぎる？」

「戦っている際に加減を忘れかけます」

……加減。『従《じゆう》』を生かして捕《つか》まえて、と注文をつけたのは私だ。

さっきの、『従』とクリフォードの戦闘《せんとう》。

もしかすると……。

「剣を手放したのは、わざと？」

「持《も》ち替《か》えた場合、自分の剣だと致命傷《ちめいしよう》を与《あた》えそうでしたので」

淡々《たんたん》とクリフォードが答える。

あの『従』相手だと、得意な左手で戦ったほうが良《い》いと判断したけど、私からの命令を遂行《すいこう》するために、慣れていない他人の剣に武器を変更《へんこう》したってこと……かな。

圧倒《あつとう》されるような戦いの間、クリフォードは滅茶苦茶《めちやくちや》冷静だったことが判明した。

……それって、いまも、だよね？

声音《こわね》から怒りは別に感じられなくても、平然としているように見えても、本人があぁ言ったんだから、ひどく腹が立っているのは変わらないはずで。

「――腹が立つ、のは、わたくしのことね？」

思いきって、顔を上げて、問いかけた。

視界に入った、深くて、濃《こ》い色合いをした青色の瞳《ひとみ》を見返す。

「……殿下《でんか》にも、私にもです」

クリフォード、にも？

意識を失っているシル様へと一瞬《いっしゅん》、クリフォードが視線を落とした。

「殿下は、バークスが大切ですか」

「……ええ。未来の家族になるかもしれない方だもの」

もちろん、それだけじゃない。

シル様は、前世で一喜一憂《いっきいちゆう》しながら読んだ『高潔《こうけつ》の王《おう》』の主人公。小説そのままの世界だとはいえないって、わかってる。……世界がそうなら、生きている人々だって。

だけど、シル様は性格だって見た目だって、思《おも》い描《えが》いていた通りだなあって感じで。

オクタヴィアとして直面するかもしれない将来の問題が立《た》ち塞《ふさ》がっていても、実際に会って話したら、嫌いになれないし、嫌われたくもないなって思ってしまう。

「不要な傷は負《お》って欲《ほ》しくないわ」

「バークスが傷を負うことは気にされるのに、ご自分の傷に関しては気になさらないのですか？」

「……そういうことではなくて、必要に応じてああしただけのことだわ」

だって蓋《ふた》を開けてみれば、あの場面では私がいっちょ血を流してみせて、シル様を正気に戻《もど》すのが最適解《さいてきかい》だったことだし！　思い返してみても、あれは正しかった。

うん。確信！

「でしたら、私にお命《めい》じくだされば良かったのです」

「命じたはずよ？」

「いいえ。あの『従』を生かして捕《と》らえよ、と私に命令なさったように、ただ『バークスを捕らえよ』、と。殿下が血を流す必要はありませんでした」

「…………」

目が泳ぎそうになる。

ポン、と手を打ちたくなった。
ソ、ソウデスネー。
抱《いだ》いた確信がぺらっぺらの紙になって飛んでいった。

どうせ命令するなら、覚醒《かくせい》シル様を無傷で捕まえて！　とか、怪我なしで気絶《きぜつ》させて！　とか言えば……？

うん。あの『従』を制したクリフォードなら完璧《かんぺき》に成《な》し遂《と》げてくれたはず。

そういう方向へ思考が全然働かなかった……！　クリフォードにシル様が敵と見なされて、ならとにかくシル様を元に戻せれば、で頭が埋《う》め尽《つ》くされてたよ……。

「私が殿下をお守りしても、殿下が自らお身体《からだ》を傷つけては意味がありません」

う……。

「私が近くにいながら殿下が傷を負うのは、腹が立ちます。たとえそれが、殿下自身の行いであっても」

濃い青い瞳が、預けたままの私の左手に向けられる。手当てをしてもらったところ。白い生地《きじ》に、傷口から出た血が滲《し》み出していた。

「止められなかった自分にも、ひどく腹が立ちます」

「……そのためにわたくしは命令したのだもの」

行動が何者にも阻《はば》まれることのないようにって。

あれにはクリフォードも含《ふく》まれていた。だから、掌《てのひら》を切って、右の手首を摑《つか》まれたとき、ちょっと驚《おどろ》いた。

「それでもです」

静かにクリフォードが言い切った。

「……それが、『従』というもの？」

クリフォードが珍《めずら》しく、虚《きょ》を突かれたような顔をした。

「そう、なのかもしれません」

ややあってから、答えが返される。思案するかのように目が伏《ふ》せられていて——その角度で、クリフォードの首筋に覗《のぞ》いたものに私は目を見開いた。

首の後ろ側に近い、左下部分に大きな傷の先端《せんたん》があった。

考えるより先に、身体が動いた。

クリフォードへと右手を伸《の》ばす。もちろん、すぐにそのことに気づいたクリフォードは顔を上げ、私を見た。傷口が襟《えり》に隠《かく》れる。

私は伸ばした右手を、その首筋に触《ふ》れる直前で止めた。

「怪我をしているわ」

「……古傷です。ここでの戦闘とは関係ありません」

縦に斬《き》られたみたいな傷口からは、確かに血は出ていなかった、と思う。現に襟部分の生地は破れていないし、白いまま。だけど……。

「本当に？」

「お疑いなら、確かめられますか？」

クリフォードが顔を傾《かたむ》ける。

再び傷が現れた。そこに、指先で触れてみる。……塞がってる。治った傷だ。

でも、くっきりと——パッと見だと、負ったばかりじゃないかって思うぐらいの、深い傷痕《きずあと》だった。この白い服は、護衛の騎士《きし》の制服と比べると襟の高さが低い。そのせいで、クリフォードの動きによっては傷痕の一部が見えるんだ。

「……痛みは、ないのよね？」

「ありません。痕が大袈裟《おおげさ》に残っただけです」

……良かった。だって、もし、これがさっきの戦闘での怪我だったら、私の掌なんか目じゃないぐらいの……。

「…………」

「……殿下？」

ああ、そっかと腑《ふ》に落ちた。

「──わたくし、王女だから、我《わ》が儘《まま》なの」

見上げた先で、クリフォードがわずかに眉《まゆ》を顰《ひそ》めた。

「あなたはわたくしが傷を負うのは腹が立つようだけれど、わたくしだって同じだわ」

「……同じ、でしょうか」

「もし、わたくしを守ってあなたが怪我をしたら、とても嫌《いや》よ。それこそひどく、腹が立つわ」

「…………」

「だから、わたくしの護衛の騎士は、わたくしを守るだけでは足りないわ。自分自身も無傷でなくてはいけないのよ。──常に」

「……私は負傷しておりませんが」

「ええ。でも、以前、この傷を負ったのでしょう？」

触れている、ひどいものだったって窺《うかが》える傷。

「クリフォード。わたくしに仕《つか》えるなら、これ以上の怪我は許さないわ」

我ながら、支離滅裂《しりめつれつ》で、無茶ぶりすぎる。何様だって感じで。

さっき腑に落ちたことを言葉にしようとしたら、こうなってしまった。

クリフォードが無傷だったから、そう思っていたから、私は平気でいられたんだなあって。

護衛の騎士は頻繁《ひんぱん》に代《か》わっても、彼らが職務中に負傷したことはなかった。敵と戦ったのを間近に見たのだって、クリフォード以外では、初恋《はつこい》のグレイぐらい。

――これも、いままではたまたまそうだっただけなんだ。

「……『主《しゅ》』だって、『従』が傷つくのは嫌よ」

クリフォードが言葉を発する様子はない。

そして、好き勝手にまくし立てた私は、冷静になった。いや、一応冷静ではあったんだけど、せめてもうちょっと気持ちを整理してから口を開くべきだったと……！

あと、順序？　そもそも腹が立っていたのはクリフォードのほうで、私は謝ろうとしていたはずで……。

心の冷《ひ》や汗《あせ》がダラダラ噴《ふ》き出《だ》してくる。

えーっと、ま、まずは、手を引っ込めることから始めてみようかな？

そろそろと動かそうとした、自分の首筋に触れている私の右手を、クリフォードが上から掴んだ。でも、力は込められていない。やろうと思えば、私が振《ふ》り払《はら》えるぐらいの。

「……負傷するな、との私へのご命令ですが」

『主』になったときのように、手《て》の甲《こう》に、クリフォードの唇《くちびる》が一度触れ、離《はな》れた。

熱が走って、あの複雑な文様《もんよう》が浮《う》かび上《あ》がる。……『徴《しるし》』だ。

二日前に見たときよりも、鮮《あざ》やかな。

『徴』を目にしたクリフォードが、軽く目を瞠《みは》った。

次に、ふっと口元に小さな笑《え》みを形作る。不思議な笑みだった。

「これを証《あかし》として、返答の代わりに」

返答って、私の無茶ぶりに対して、だよね？　私を守って、かつあなたも無傷でいなさい！　てやつ。

『徴』——この浮かんだ文様が、証？

クリフォード、と呼びかけようとして、

「シルを囮《おとり》にするにしろ、やりようはあったのでは？」

大きく『空の間』に響《ひび》いたデレクの声に、私はここがどこだったか思い出した。

右手を引っ込める。手の甲の文様は、それと同時にかき消えた。

前は一瞬だったのに、今回はしばらく浮かび上がっていたのはどうしてだろう。

ていうか、隣《となり》同士ぐらいの距離《きより》だから声は普通より小さいぐらいだったとはいえ、『主』とか『従』とか、自分とクリフォードを指《さ》す会話をしてた……！　迂闊《うかつ》。

慌《あわ》てて『空の間』を見渡《みわた》してみる。

部屋そのものは制圧済みで、後処理の段階に入っているようだった。『空の間』全体がざわついている。曲者《くせもの》たちは兵士によって捕縛《ほばく》の最中。『従』の二人——一人は意識がないけど——が特に厳重に拘束《こうそく》されていた。

安全が確保された状態だ。さすがおじ様！

「オクタヴィア様が自ら動いたのは、父上にも計算外だったはずです。そうでなかった場合、シルの安全についてはどうお考えだったのですか」

私とクリフォード、気絶したシル様がいる場所から見て、左手。入り口付近に立っていたはずのおじ様は、『空の間』の中ほどに移動していた。倒《たお》された『従』の側だ。そんなおじ様と向かい合ったデレクが、強い口調で問《と》い質《ただ》している。

「そう言うなら、わたしに食ってかかる前に、まずバークス殿《どの》の安否《あんぴ》を確認したらどうだ？」

「確認せずとも無事なのはわかっています。気絶しているだけです。……見ましたから」

「だとしても、友人ならば心配のあまり走り出しても良さそうなものだが」

「残念ながらおれはあなたの息子《むすこ》なので」

な、なんか殺伐《さつばつ》としてる？

「ナイトフェロー公爵《こうしゃく》、デレク様！」

私は声を張り上げて二人を呼んだ。

立ち上がって、私の元まで来てくれたおじ様とデレクを迎《むか》える。

デレクは、広間で踊《おど》ったときの貴族の鑑《かがみ》みたいな姿とは打って変わって、服が赤黒く染まっている。平気そうにしているし、か、返り血だよね？　思わず、問いかけていた。

「……怪我は？」

「ご心配ありがとうございます。問題ありません」

さすがおじ様の息子。公爵子息《しそく》。浮かべたのは貴公子《きこうし》の微笑《ほほえ》みだった。……血塗《ちまみ》れだけど。

「怪我、という点では、おれよりオクタヴィア様ですね。シルと……」

難しい顔で言葉が途切《とぎ》れる。

考えているのは、覚醒シル様の異様さと、元に戻ったときのこと、かな。

「──デレク様。シル様を」

シル様は目覚める気配がない。顔についた私の血は拭《ぬぐ》ったけど、『空の間』にこのままってわけにはいかない。別の場所で寝《ね》かせたほうがいいと思う。

で、いま、この状態のシル様──というかシル様を託《たく》すなら、デレクしかいない！

デレクが息を吐《は》いて、頷《うなず》いた。

「そうですね、あとはおれが」

「お願いするわ」

抱《かか》え起《お》こしたシル様の腕《うで》を片方、肩《かた》に回し、デレクがおじ様を振《ふ》り返《かえ》る。

「父上。話は後で。ただし、こいつを借り受けます。宜《よろ》しいですね。それとも、まだ必要ですか？」

「構わん」

デレクが「こいつ」と示したのは、おじ様からやや離れていた場所に立っていた――赤毛の青年だった。本人から抗議《こうぎ》の声があがる。

「えー。ちょっと閣下《かっか》とデレク様。お二人とも、俺《おれ》を無視して俺の貸し借りの相談って……。ここは俺がオクタヴィア殿下にご挨拶《あいさつ》を許される場面じゃないですかー」

赤毛の青年は、口を開いたら、軽かった。饗宴《きょうえん》の間《ま》で話したときとキャラが違《ちが》ってない？

デレクが恐《おそ》ろしく冷たい目を赤毛の青年へと向ける。

「……どうしてそうなる。御託《ごたく》は良いから来い」

「あ、嫌な予感。デレク様、俺にあることないこと吐かせる気でしょ」

「馬鹿《ばか》を言うな。あることだけだ」

「じゃあること吐くんで、バークスちゃんが目を覚ましたら、バークスちゃんに改めて自己紹介《じこしょうかい》ってことで」

「………バークスちゃん？」

バークスちゃん？

こめかみを引きつらせたデレクと、私の心の呟《つぶや》きがハモった。だって、バークスちゃんだよ？　赤毛の青年……ただ者ではない！

――頭痛が、痛い。

文章としては間違《まちが》っているんだけど、その間違った表現こそがぴったりな感じの顔をして、デレクが深いため息をついた。「来い」と赤毛の青年に一声だけ掛《か》けると、シル様を抱えて歩き出す。何人かの兵士が駆《か》け寄《よ》ってデレクに手を貸した。

シル様は、これで安心だ。

胸を撫《な》で下《お》ろした私を、おじ様の落ち着いた声音が包んだ。

「殿下も、すべきお話があるかと思いますが、まずは医者にその手の傷の治療《ちりょう》をさせましょう。ここから準舞踏会《じゅんぶとうかい》の会場へ戻らねばなりません。お送りします」

普通なら、おじ様の提案に飛びつくところ。

ただ、本格的な治療となると、この『空の間』を離れなきゃならないってことで。

「待って。ナイトフェロー公爵――いいえ、おじ様」

もう、心の中と一緒《いっしょ》でおじ様でいいや！

言葉の通り、私はおじ様へ待ったをかけた。

「話なら、ここで」

「……このようなところに、長居は無用と存じますが」

「おじ様、わたくし、気になることが」

入り口とは反対方向に一歩、足を踏《ふ》み出《だ》し、私は固まった。

美しかった『空の間』は、このようなところ、になっていた。

安全は確保されても、戦闘のあった痕跡《こんせき》はそのまま。人が転がり、血の臭《にお》いは漂《ただよ》っているし、床《ゆか》にも武器や、赤いものが飛び散っている。

戦闘中はいざ知らず、気にせず闊歩《かっぽ》するのは躊躇《ためら》われる惨状《さんじょう》だった。

い、いや、靴《くつ》は仕方ないとして、ドレスのスカート部分をつまんで歩けば、ま、まあ、何とか！

「――失礼いたします」

視線が揺《ゆ》れた。

断《ことわ》りの言葉と同時に、身体が持ち上がる。背中と膝《ひざ》の裏にクリフォードの手が置かれた。

「……クリフォード？」

「はい。何でしょう」

何でしょうって。これ、お姫様《ひめさま》抱《だ》っこ！

「この場を殿下がご自身で歩かれるのは避《さ》けたほうが良いかと。汚《よご》れますので」

そ、そうか。職務の一環《いっかん》……。

心臓に悪い！

お姫様抱っこには乙女《おとめ》の夢が詰《つ》め込《こ》まれているんだよ！　前世では経験なし。今世では王女だし、一回ぐらい……とは思っていた！　実現したらしたで現実が……。これって抱っこする側は体力使うし結構難易度《なんいど》高いよね？　何より、私の体重……。

「重くないかしら？」

「いえ。ですが、先ほどのように首に手を回していただいたほうが安定します」

先ほどっていつ――あ、クリフォードがシル様と戦ってたときだ。

「……そのほうがあなたも歩きやすい？」

「はい」

クリフォードの首に、葛藤《かっとう》しながら両手を回す。確かに私もこのほうが安定する、けど、戦闘中は何も考えずにできていた自分が恐ろしい。

「どちらへお運びしますか？」

『空の間』を一瞥《いちべつ》してから、クリフォードが私を見下ろして問いかけた。

私が視線を向けたのは、部屋の一番奥《おく》。黄金の玉座の裏、青い墓標《ぼひょう》のあるところ。

ルストがその前に立っている。

ここからだと、玉座に隠れて肝心《かんじん》の青い墓標そのものはよく見えない。

「殿下が気になさっているのは、女王イデアリアの墓、ですか」

口を開いたのは、私と同じように、『空の間』の奥を見据《みす》えていたおじ様だった。

ではわたしも参りましょう、とおじ様は柔《やわ》らかく告げた。

44

おじ様が先を行く形で、私はクリフォードに運んでもらい『空の間』を移動する。

青い墓標に刻まれた文字がはっきりと見える距離まで来た。

その前で、抜《ぬ》き身の長剣《ちょうけん》を右手にダラリと下げて立つルストの様子も。

「…………？」

どことなく、違和感《いわかん》を覚えた。

斜《なな》め後ろから見える限りでは、重傷を負っている、という風じゃあない。

服は一部が赤く染まっているものの、戦闘があったことを加味すればむしろ綺麗《きれい》といえるかもしれないし、青銀色の仮面だって着けたまま。

余裕《よゆう》、だったかはわからないけど、ルストが原作通りの剣技《けんぎ》の腕前《うでまえ》ならそれを発揮《はっき》したってことだと思う。

ただ、仮面で表情が隠れていてさえ、感じられた。

ルストは食い入るように青い墓標を見つめていた。近くにいる私たちに気づきもしない……まるで周囲になんて注意を払《はら》っていない、みたいに。

声を掛けようとしたとき、ルストが急に動いた。左手で額——痣《あざ》のある部位を押《お》さえて、小さく首を振《ふ》る。庭園のときと、様子が似ていた。……また、幻痛《げんつう》が？

何かを呟くと、ダラリと下ろされていたルストの右手に、力が入った。

長剣を持ち上げ、いままさに——。

「止《や》めなさい！」

制止の大声を私はあげた。

ピタリとルストの動きが止まる。

あ、あっぶな！

「何のつもり？」

顔だけが、ゆっくりとこちらに向けられた。

「……これを調べようとしたまでですよ、殿下」

ルストが長剣を振り下ろそうとしていたものは、青い墓標。

女王イデアリア・エスフィアのお墓だった。

一度ルストが口走った、『イデアリア』と、同じ名前の。

「そのために墓標を傷つける必要はあるのかしら？　死者を再度殺そうとするようなものよ」

調べるっていったって、荒《あら》っぽすぎ！　お墓に失礼を働いてはいけない。たとえ世界が違っても、こういうのは共通認識《にんしき》でしょう！

「死者を再度？」

嘲《あざけ》るようにルストは笑った。

「素晴《すば》らしい表現ですね。――死者を殺すことなど、できないでしょうに」

いままさに、墓標へ振り下ろされようとしていた長剣が、下ろされた。

だけでなく、その長剣を石床に置くと、万歳《ばんざい》のような形で両手を上げる。さっと現れた兵士が長剣を回収して数歩下がった。他にも二人の兵士が墓標の周辺、ルストを取り押さえられる位置に待機している。

おじ様やクリフォードも、ルストからある程度の距離を保《たも》って、歩みを止めていた。

そんな中、当の本人が悪びれず私へと話しかけた。

「オクタヴィア殿下。私は案内役だったと、ナイトフェロー公爵にお口添《くちぞ》えいただけませんか？　次期公爵のおかげで曲者たちと一緒に捕縛されることは避けられましたが、どうも、兵士の方々にそれとなく監視《かんし》されているようですので。こうして武器も手放したのに、警戒《けいかい》の目が緩《ゆる》みません」

そう述《の》べる様子は、違和感を覚えたものではなくなっている。

「自業自得《じごうじとく》ではないかしら？」

本人は調べるためめって主張してるけど、制圧されているとはいえ、曲者たちが残る場所で突然《とつぜん》武器を振り上げれば警戒もされる。

「これは手厳しい」

でも、口添えか……。これ、難しいところなんだよなあ。

ルストは確かに私を『空の間』――シル様のいる場所まで案内してくれた。一時的な協力関係にあった。ただし、庭園で話した感じだと反王家の人間なわけで、原作では兄セリウスと剣を交《まじ》えるし、手放しで味方！　安全！　とおじ様に太鼓判《たいこばん》を押《お》せるほどじゃない。

偽《にせ》の恋人役について切り出せて、かつルストが引き受けてくれていたなら話は違っていたんだろうけど――素顔《すがお》を見てしまったら、そんな考えは吹《ふ》き飛《と》んだ。

ルストの顔が『あの青年』にそっくりなのも、父上が動揺《どうよう》した、それ以外の『誰《だれ》か』に似ているようなのも見逃《みのが》せないし、監視はしてもらっていたほうが後々のためには？

ただし、案内役を務めてくれたことについては、感謝しなければならない面もあり……。

うーん。

私が悩《なや》んでいると、おじ様の静かな声が耳に届いた。

「殿下の案内役だったと言うが、どうやってこの『空の間』までの道を知った？」

「偶然《ぐうぜん》に」

「偶然にか。入り口の一つである玉座の仕掛《しか》けのことならば、偶然、話を耳にした、でも済ませられる。だが、その先は？　ここまでの通路は迷宮《めいきゅう》のように入り組んでいる。いや——姿を変えてしまう、と言うべきかな？」

姿を、変える？

「通路にも無数の仕掛けが一定の間隔《かんかく》で施《ほどこ》されてある。中には誤った通路を進んだだけで知らずに作動するものもある。遠方で壁《かべ》ができ、進行が阻まれる仕組みだ。正答を知っている者しか、『空の間』に辿《たど》り着《つ》くことはできない」

そんなトラップが……！

「これも偶然だろうか？」

全然声を荒《あら》らげていないのに、トドメの追及。おじ様格好いい！　決まってる！

……じゃなかった。私も脳みそを働かせないと。

ルストは元々、ローザ様の部下として、私を標的とした曲者たちを探《さぐ》っていた。その傍《かたわ》ら、シル様狙《ねら》いの——『従』たちの計画を知った、んだっけ。

「そうおっしゃられましても、偶然、としか」

「たまたま、正しい道順を知った、と？」

「ええ。ナイトフェロー公爵。偶然に知る機会を得、覚えました。そのおかげで殿下のお役に立つことができたのはこの上ない僥倖《ぎょうこう》です」

会話を重ねるほど、胡散臭《うさんくさ》さが増す不思議さ！

意訳すると、「偶然じゃないけど正直に言うと思う？　まさか！」だよね？　絶対！

やっぱりルストの自業自得だと思うよ！　監視されるのが不本意なら、そう思われないよう振《ふ》る舞《ま》わないと！

「殿下もご満足いただけたかと」

──くっ。ここで私に振ってくる？

そう。おじ様のような突《つ》っ込《こ》みはせずに、もとい、できずにルストに案内されてきたのは私です！　……説明責任は私にもある。

「──ルスト。仮面を取って、おじ様へ素性《すじょう》を述《の》べなさい」

ルストが正しい道順を知っていたのは、たまたまじゃないとしても──シル様を狙った曲者たちの『仲間』だから、ではないと思うんだよね。『従』とかの反応を見ても。

そこら辺をわかってもらうためにも、ルストが何者かをおじ様へきっちり伝えるのが肝《かん》要《よう》！　だって、現状のルストって、見るからに仮面を着けてる怪《あや》しい人だもん。

顔を隠している人を信用できるか？　否！

まずは素顔で自己紹介から！　相手の顔が見えると安心感が違う！

これぞ人間心理！

「……本気でおっしゃっていますか？」

何故《なぜ》かルストに問い返された。

「本気よ」

即行《そっこう》で私は頷いた。それとは対照的に、ルストはすぐには実行に移さなかった。

「それならば」

数秒は考えた後で、上げたままだった両手を、仮面を取るために下ろした。咄嗟《とっさ》に動きかけた兵士たちを、おじ様が仕草一つで制する。

青銀色の仮面が外れ、額の痣以外あの青年そっくりの顔が、露《あらわ》になった。

クリフォードの首に回した手が——私のしがみつく力が、ちょっと強まったのがわかった。

ルストの素顔を見るのは、これで三度目。一度目は饗宴《きょうえん》の間《ま》で。二度目は庭園で。三度目も、完全に平常心ってわけにはいかなかった。

「殿下のおっしゃる通りに、素性を述べましょう。ナイトフェロー公爵」

貴族式の、優雅《ゆうが》な一礼をルストは取った。

「私はルスト・バーンと申します。バーン子爵家《ししゃくけ》の長男であり、故《ゆえ》あってレディントン伯爵《はくしゃく》の元で働いております。お見苦しい痣に関してはご容赦《ようしゃ》を」

おじ様も、ルストの顔と素性がわかってちょっとは空気が変わ——。

らないや！

おじ様の態度には一切《いっさい》の変化がなかった。本人が言及《げんきゅう》した痣に反応することもなく、穏《おだ》やかな空気を纏《まと》ったまま、ルストを無言で眺《なが》めていた。

か、考え中？

「おじ様？」

痺《しび》れを切らしたのは私だった。おじ様、せめて何か反応を！

もちろん、おじ様は無視したりしなかった。にっこりと笑って私を見た。

「——殿下は、この者が味方だと思われますか？」

「まさか！」

それはない！

おっと、いいえ、と端的《たんてき》に否定するはずが、私情がかなり入った。

「ひどいですね。傷つきました」

全然堪《こた》えていなさそうなルストがくっくっと喉《のど》の奥で笑い声を漏《も》らす。

仕切り直し！

咳払《せきばら》いして、私はちょっと丁寧《ていねい》に言葉を続けた。

「けれどおじ様。今回の、シル様を狙った曲者の一味かと問われれば、おそらく違うでしょう。わたくしの側で戦っていました。その長剣を渡《わた》したのもわたくしです」

兵士に回収された長剣を指し示す。戦闘中、一度目にしたルストとデレクは共闘《きょうとう》していた風だった。もしその反対で、ルストが『従』側で戦っていたら、デレクが捕まえさせていそうなものだし。

「言うのが遅《おく》れたけれど、無事で良かったわ、ルスト」

「おかげさまで。殿下も……」

私を抱きかかえているクリフォードに琥珀色《こはくいろ》の目をまじまじと向け、一旦《いったん》ルストは言葉を切った。

「殿下と護衛の騎士殿も、ご活躍《かつやく》でしたね。殿下はシル・バークス相手に。騎士殿は『従』相手に」

一杯一杯《いっぱいいっぱい》だった私と違って、ルストの戦況《せんきょう》把握《はあく》はバッチリだったらしい。

でも——そうなると、やっぱり変なんだよなあ。女王イデアリアの墓標しか目に入っていない、みたいなあの様子が。思い返すと、おじ様が到着《とうちゃく》したときも、ルストって一人だけ、墓標のほうに注意を払っていたんだよね。

庭園で口走った、『イデアリア』という名前のこともそう。

ルストは、歴史から抹消《まっしょう》されたイデアリア・エスフィアという存在を、元々知っていた？

長剣を振り上げたのも、調べるためっていうのは後付けで、別の——。

「この者については、ひとまずわたしの胸に収めます。そのほうが良いでしょう」

おじ様の声に、我に返った。

「ええ、おじ様」

「はい。殿下のご判断を信じます。ただし、わたしからこの者に多少の話を聞くことはお許しください。あくまでも、今回の件についてのみを。その後に、レディントン伯爵の元にお返しします。それでいかがですか、殿下」

ルストがどうやって『空の間』までの正しい行き方を知ったかについては、とりあえず不問《ふもん》に付《ふ》すってことだよね。でも、おじ様からのチェックは入る、と。

「わたくしは構わないわ」

「私も構いませんよ。多少のお話程度なら。ここで――というわけではなさそうですね」

おじ様と視線を合わせたルストが肩をすくめた。

「仮面も着け直しましょうか」

再びルストが仮面を装着する。

「兵に案内させよう」

「――は！　こちらへどうぞ」

おじ様の指示で、待機していた兵士の一人がルストを誘導《ゆうどう》する。後に続こうとしたルストが、振り返った。

「大切なことを忘れていました。オクタヴィア殿下に辞去《じきょ》の挨拶《あいさつ》を」

挨拶？　必要ないんだけどなあ。

と、思っていたら。

「叶《かな》うことなら、殿下から私に祝福を頂きたく」

意味不明発言に被弾《ひだん》した。

……祝福？

もしや、エスフィアの風習でいうところの、祝福？

アレクとした、あれ？　旅立つ者の無事と帰還《きかん》を祈《いの》って、頬《ほお》にキス――。

「……あなたに？　わたくしが？　何故かしら」

心の奥底《おくそこ》から疑問に思っているのが声音に出た。祝福の風習は、双方《そうほう》に心が通っている者がするから効果がある！　私とアレクとか！

翻《ひるがえ》って、私とルスト。祝福したら、互《たが》いに逆の効果が出そう……。いや、出る！

だいたい、あれは旅立つ者に対してのものだから！

「旅に出る予定でも？」

「考えようによっては、殿下の元から辞去する――場所から場所へ移動するのも旅のようなものでしょう？」

屁理屈《へりくつ》だった！

うーん……。もしかして、何か考えがあって言ってる？　危険な方向の……反王家ならではの企《たくら》みがある、とか。でも、ルストでもおじ様やクリフォードの目はかい潜《くぐ》れまい！

「殿下へも、心ばかりの私からの祝福を」

「わたくしも旅立つようなものだと？」

「殿下の場合は、今日から明日へと、でしょうね」

「…………」

クリフォードに頼《たの》んで、下ろしてもらう。「宜《よろ》しいのですか？」と目で問われた気がして、頷いた。

ルストに歩み寄る。

ちゃちゃっと済ませよう！

「ルスト・バーン。あなたに祝福を」

仮面の下、ルストの右の頰に唇をつけるフリをして、離れる。周りには祝福しているように見えるだろうけど、ルストにだけはそうじゃないってわかる。

ルストの口《くち》の端《はし》が上がった。

ごく自然に、今度はルストが私の左の頰へと顔を寄せる。……ただ、私の髪《かみ》を飾《かざ》るリーシュランの花が否《いや》が応《おう》でも視界に入ったんだろう、その瞬間《しゅんかん》だけ、自然さに綻《ほころ》びが出た。

そして、左の頰だけど——より、耳に近い部位に。

「——」

唇で頬に触れるフリをして囁《ささや》かれた言葉に、私は瞬《まばた》きした。

「それでは殿下。互いの旅立ちに祝福のあらんことを」

これは、おじ様たちにも聞こえるぐらいの大きさで発せられた。ついで、今度こそ辞去の挨拶をして、ルストは兵士に先導され、『空の間』を後にした。


ルストがいた青い墓標の前には、私とおじ様が立っている。私より少し下がった場所にクリフォード。おじ様のほうには、待機していた兵士が残った。

「——本当に、忌々《いまいま》しい」

唐突《とうとつ》に、おじ様が言った。

えっ？　ぎょっとする。忌々しい？　私？

「剣を振り上げる前に、あの者が呟いたと思われる言葉です。聞き取れた単語を繋《つな》ぎ合《あ》わせるとそうなります」

何だ……。おじ様に実はずっと嫌われていたのかと！　そうだったら立ち直れないから！　引きずりまくるから！

何しろ私、死んで生まれ変わるまでの記憶《きおく》をクソ忌々しいって表現してたもんね。身に染《し》みている。負《ふ》の想《おも》いが強い言葉。

「忌々しい……」

自分でも口にしたら心にキた！　いや、待て。おじ様に私が言われたわけじゃないから！　ルストがこの墓標に向かって……。墓標……？

「殿下のご判断を信じる以上、追及はいたしませんが……あれは、女王イデアリアの墓に、というよりは、感情のはけ口として剣を振るったように見えました。――墓標は、きっかけに過ぎない」

きっかけ……ルストが二度目の幻痛を感じていたとして、その理由は、墓標？

イデアリア・エスフィアの、青い墓標にさらに近寄って、私はしゃがんだ。

祝福するフリをして、ルストが私に囁いた言葉。

『先頭の文字の窪《くぼ》みを空の数だけ』

祝福自体は重要じゃなかった。

これを私に言う手段として、ルストは祝福なんてものを持ち出した。

だけど、どういう意味だろう。先頭の文字の窪み？　何の？　空の数？

もっとわかりやすく！　と言ってやりたくなった。

完全に教えなかったのはわざとだと思われる！

解答は、目の前の墓標にあった。

先頭の文字は——青い石に彫《ほ》られた、名前の。

空の数は——天空神《てんくうしん》にちなんだ、三。

イデアリアの一文字目の窪みを三回——。

どうすれば？

一文字目を触《さわ》ってみる。あ、文字ごと凹《へこ》む、かも。押せ、る？　念のため、他の文字で比較《ひかく》してみる。他は、凹まない。文字が刻まれた、見た目はまったく同じなのに。

——三回、押すと？

実行！

「………」

私は、沈黙《ちんもく》した。てっきり、これでルストの意図が判明するのかと……！

あんなに意味深だったから期待したのに、何も起こらない！

三回押すのが違ってた？　もしくは、ルストの壮大《そうだい》なブラフ……？

そうだよね。青い墓標にも仕掛けがあるって、なんでそれをルストが知っているんだって話……。でも、『天空《てんくう》の楽園《らくえん》』に詳《くわ》しかったルストならあるいはって思ったのも確か。

「……蓋が、緩んだようですね」

驚きを含んだおじ様の声に、立ち上がって目を凝《こ》らした。

墓標の、上から数ミリぐらいに線が走っていた。蓋、上部分の石が、取れる？

箱形、だったんだ。

遺骨《いこつ》が、とも一瞬思ったけど、それなら普通はこんな上部分には入れない。

蓋に右手で触れた。……あ、材質は石だけど、ローラーで滑《すべ》るみたいに、力がなくても簡単にずらせるようになっている。仕掛けに気づけば、という点は、玉座のときと一緒だ。

蓋をずらし終えると、真下には正方形の、深めの空間があった。

そこにぴったりと、収まっている。――中に保管されていたそれを、両手で持ち上げた。

記憶にある、国の大々的な行事で父上が必ず身に着けるものと、同一の色と形だ。

ううん。もしかしたら、こっちが――。

大小の宝石がちりばめられた輝《かがや》く黄金の王冠《おうかん》が、イデアリア・エスフィアの墓標で眠《ねむ》っていた。

45

と、とんでもないものが出てきた。

王城にあるほうは偽物《にせもの》で、こっちが本物かなーなんて。

そんな想像をしてしまったんですけど！　そして、滅多《めった》に当たらない私の第六感が正しい予感がビシバシと！

……一応、根拠《こんきょ》らしきものもあったりする。

いやいやいや！　まだ決まったわけじゃない。真贋《しんがん》の判断ができそうな箇所《かしょ》がある。

そろそろと王冠の向きを変え、嵌《は》まっている宝石の一つを確かめる。

「…………」

駄目押《だめお》しとなる一手を、私は目にしてしまった。

――それは、腐女子魂《ふじょしだましい》の赴《おもむ》くまま、ＢＬの香《かお》りがする書物を求めていたときのこと。

私は城の書庫で新たな本の発掘《はっくつ》にいそしんでいた。

そこで発見したのが、歴代の王の戴冠式《たいかんしき》の様子を描《えが》いた絵の数々。

詳細《しょうさい》なスケッチだったり、かと思えば色が塗《ぬ》ってあるものや、王その人に焦点《しょうてん》を絞ったものだったり。制作過程の走り書きがしてあったり、時代によって描き方の違いがあるものだったり。

カメラ――写真を撮《と》る技術はないから、この世界で出来事を記録するには絵なんだよね。

目的とは違ったけど、お宝発見！　とばかり夢中になりましたとも。

走り書きを頼《たよ》りに順番に並べて、まさに舐《な》めるように見て、読んだ！　飢《う》えていたから！　絵も脳内で漫画風《まんがふう》に妄想《もうそう》すれば見ているだけで楽しいし！　しかも未見！

そのおかげというか何というか、絵に描かれている王冠が二パターンあることに私は気づいた。エスフィアの王が被《かぶ》る王冠は、初代王のときから同じもの、ということになっている……んだけど。

王冠に、青色の、虫入り琥珀《こはく》が嵌《は》まっているか否《いな》か。その違い。

琥珀色というと蜂蜜《はちみつ》みたいな黄色を思《おも》い浮《う》かべる。でも、樹脂《じゅし》が固まってできる琥珀には様々な色があって、青色のものもある。

そして、書庫で発見した絵の一部はこう物語っていた。

王冠に嵌まっているのは、青い琥珀な上に、虫入りだったんだよ！　と。

初代王に近い時代に描かれた王冠には、虫入りの青い琥珀。ところが、時代が下がると、王冠左側の青い宝石から虫が消える。はて？

私はお宝絵を前に、悩むこととなった。

思い浮かべたのは、父上が王冠を被っている姿。

王冠……青い宝石は何個か嵌まっていたと思うけど、実際、どんなだったっけ？

実物を見るのが手っ取り早い！　普段《ふだん》は仕舞《しま》い込《こ》まれている王冠を一目見んと、私は城の保管室に忍《しの》び込《こ》んだ！

といっても、父上が使用――特定の行事で王冠を被る日の前日は、王冠の限定公開みたいな感じになるから、そのときに保管されている部屋へ立ち寄っただけなんだけど。

比較用に、虫入りと虫なし、書庫で見つけたお宝絵を二枚持参。あとはまあ、ちょっと王女権力を使って人払いなど。

人払いをする前、既《すで》に部屋にいて王冠を鑑賞中《かんしょうちゅう》だったアレクとバッタリかち合ったものの、アレクなら問題なし！　むしろ歓迎《かんげい》！

お宝絵と睨《にら》めっこしながら、私は検証作業に入った。

――実物の王冠には、青い琥珀が嵌まっていた。でも、そこに虫は影《かげ》も形もない。

絵は、二枚とも王冠の特徴《とくちょう》を捉《とら》えて描かれていた。

実物との違いは、虫入り琥珀の部分だけ。

『姉上……王冠は、本物ではない、のですか？』

私が持つお宝絵と、実際の王冠を見比べて、察してしまった頭の良いアレクが戸惑《とまど》い顔で疑問を口にした。

大事に大事に王家に伝わってきたはずの王冠が、かなり前からすり替わってる？　疑惑《ぎわく》が誕生した瞬間だった。まだ『疑惑』なのがポイント。

どこかにもう一つ、虫入りの青い琥珀が嵌まった王冠が存在していなければ、これは唯《ゆい》一無二《いつむに》！　変わらず本物！

――と思い込むことにして、私はアレクに重々しく告げた。

『見なかったことにしましょう』

『……はい、姉上』

一瞬、エメラルドグリーンの目を見開いたアレクが、天使の笑顔《えがお》で頷く。

『おや、お二人とも』

その直後に、登城していたおじ様が、人払いされているのを不審《ふしん》に思って入室してきた。

せっかくおじ様に会えたのに、このときばかりは私は気もそぞろだった。

持っていた絵について訊《き》かれたときも、何でもないみたいに片方の一枚だけ渡して見せつつ、内心はドキドキしていた。

おじ様はそれ以上特に質問することなく、普通に絵を返してくれて、私はアレクと退散したのだった。

――さて。

いま、私が両手で持っているほど良い重さの王冠には、青い琥珀が嵌まっています。

……虫入りの！

好奇心《こうきしん》は猫《ねこ》を殺す。

ああああああ。これ厄介《やっかい》なやつだ。

も、戻して蓋をして、見なかったことにできないかな……。

内心でパニクっていると、王冠に影がかかった。おじ様だ。見極《みきわ》めようとするかのように、王冠へ視線を注《そそ》いでいる。

私は助けを求め、その顔を見上げた。

どうしましょう、これ。おじ様の考えは？　真贋のことがなくとも、城に保管されている王冠とそっくりすぎて宜しくないと思う！　見つかった場所も場所だし……。

闇《やみ》に葬《ほうむ》る？　もういっそおじ様が着服《ちゃくふく》してしまうのがグッドエンドなんじゃないかな！　私、片棒《かたぼう》を担《かつ》ぐから！

危険な方向へ思考をまっしぐらに走らせていると、

「よもや女王イデアリアの墓標の中とは……」

おじ様が呟きを漏らした。

次に、堪えきれないといった様子で笑い出す。

何が受けたのかさっぱりですおじ様！

目をパチクリさせる私に、「失礼」と笑いを収めたおじ様が改めて口を開いた。

「このようなところに在《あ》ったとは、驚きましたもので」

いやいやいや、おじ様。驚くのが、王冠のあった場所？

この王冠自体には、驚いていない？

「陛下《へいか》もお喜びになるでしょう。本物を探しておられましたから」

父上が、本物、を……？　んん？

「おじ様。城にある王冠は……」

「何なのか、ですか？　いつでしたか……それを確かめるために、アレクシス殿下と保管室を訪《おとず》れていらしたのでは？　二枚の絵を持って」

バレてたー！　目敏《めざと》いおじ様！

でも、このおじ様の口ぶりからすると——。

私は手の中の王冠を見た。

「城にある王冠は、偽物だわ。おじ様以外の方も、ご存じなの？」

実はみんな知ってました！　王族や上位貴族の間では常識！　とかだったらショック。その場合、知らされていなかった私って一体……。

おじ様が苦笑《くしょう》した。ゆっくりとかぶりを振る。

「いいえ。もちろん公式には、陛下が被られたものが本物です。ただ——ウス王が即位《そくい》前に王冠を紛失《ふんしつ》し、急遽《きゅうきょ》、代わりを本物に似せて作らせた。それが今日王家に伝わっている。こういった話を耳にしたことがある者は、わたし以外にもおります」

何と……！　私が読みあさったウス王関連の書物には出てこない記述《きじゅつ》だった。

明らかに信憑性《しんぴょうせい》の薄《うす》いエピソードでも、載《の》っていたりしたのに。……書かれなかったのは、わざと、だよね。

「とはいえ、耳にしたことがある者も公言はいたしません。それを信じようとも」

「……表に出せるはずがない？」

虫入りの青い琥珀は、再現しきれなかった部分だ。本物の王冠はウス王が紛失して、現在の王家に伝わっているのは本物を模したものだ、なんて。不祥事《ふしょうじ》も不祥事。

……それが正史《せいし》として記されているならともかく、城にある王冠は初代の王から受け継《うつ》いだものっていうのが公式見解だもんなあ。

偽物扱いすれば、王への叛逆《はんぎゃく》の意図あり、とも取られかねない。

「わたしも、このことをお話ししたのは殿下がはじめてです。現に殿下も、暴《あば》くことなく沈黙しておられたでしょう?」

「証拠《しょうこ》が、なかったから。徒《いたずら》に騒《さわ》ぎ立《た》てては……」

事なかれ主義ともいう。

だって王冠ですよ、王冠! 王家の宝みたいなもの。

私の中に疑念をきっちり植えつけたとはいえ、絵だけだと、偽物だって断言するには弱い。あとは、何か理由があるのかなあ、とか……。

「ええ。かつての出来事を、現在の我々が正確に知ることは困難です。在ったことが無かったことに。無かったことが在ったことになっているかもしれない。どちらもあり得ます。――それに、人は嘘《うそ》をつく生き物です。意図した嘘。意図しない嘘。始末が悪いのは後者ですが。王冠についても、証拠がなければ立証することは不可能だったでしょう」

不可能、だった。わざと、おじ様は過去形を使ったんだと思う。

何故なら、私はその証拠を手にしている。

「……本物の王冠が、見つからなければ？」

「そうですね」

おじ様が頷いた。

「殿下がお持ちになっているその王冠があれば、話は別です。不敬《ふけい》な輩《やから》にとっては、王家を糾弾《きゅうだん》する格好の材料にもなり得ます。——実際、過去から現在まで、様々な思惑《おもわく》からウス王が紛失した王冠を探し求める人間たちがいました」

父上も、探していたんだよね。国王なら当然か。

でも——ウス王が、王冠を紛失した？　誤《あやま》ってってこと？

私は青い墓標と、王冠を交互《こうご》に見た。

仕掛けのことも考えると、紛失どころか、計画的だよね？

ウス王自身の意志で、王冠と共に女王イデアリアを弔《とむら》った、が正しいような。

……人は嘘をつく生き物。おじ様が口にしたばかりの言葉が思い出される。

ウス王が、意図的についた嘘。

それを念頭に、おじ様も話している気がする。

「『王家へ返還《へんかん》することは許さず』、『玉座の間には手を加えるべからず』。この離宮《りきゅう》は、かの王が残した言葉から、王冠があるのではないかと考えられていた場所の一つです。しかし、ウス王自身が弑《しい》した姉王の墓の中を探そうとした者はいなかったようです」

前世だと、お墓はお墓でも、日本の古墳《こふん》とか、エジプトのピラミッドとか。副葬品《ふくそうひん》狙いの盗掘《とうくつ》とかはあったけど。そもそもここに辿り着くまでが大変だし、女王イデアリアはその存在自体が……。

あ。おじ様が驚いていないのは、王冠のことだけじゃないや。

女王イデアリアの墓標——彼女《かのじょ》についても、だ。

——弟に弑された姉王。歴史から抹消《まっしょう》された女王。

「おじ様は、女王イデアリアの存在に、驚かないのね。この墓標にも」

「はい。知識としてですが、存じ上げておりました」

「……公言はしなくとも？」

「そうですね」

少し笑って頷いてみせたおじ様が、静かに言葉を紡《つむ》いだ。

「王冠が墓標の中にあったのは、ウス王の意思表示なのかもしれません」

ウス王は、何故王冠を姉の墓標に隠したのか。隠した、んだと思う。

歴史からは抹消して、でも、こんな——『空の間』の中には仕掛けで人が入れないようにした上で、ただの王族としてではなく、彼女の、王としての名を墓標に記した。

イデアリア・エスフィア、と。

「意思表示……」

「──私は王ではない。我《わ》が姉こそが、王である」

一転、おじ様はこう続けた。

「逆の考え方もできます。己《おのれ》で討った姉を、死者をウス王は恐れた。それを鎮《しず》めるために、この場所を造った。王冠もそのための道具です」

私は首を横に振った。

「それは、違うと思うわ」

この『空の間』にいて感じられるのは、死者への敬意と労《いたわ》り。墓標も、正式なもの。だから、わからなくなる。

「──おじ様。何故ウス王は、姉王を討ったのかしら。……そうするしか、なかったのかしら」

「討たれたイデアリア・エスフィアの心理ならば、想像の余地があります。正史として記されているウス王の治政には、彼女が為《な》したことも含まれます。そこから読み取れるのは、彼女が国と民《たみ》を愛する王だったということです。──だからこそでしょう」

「王、だったから？」

「そして、国のために生きる王だった。ゆえにどうにもならなくなったとき、最も相応《ふさわ》しい形で終焉《しゅうえん》を迎えたのでしょう」

「その形が、ウス王に討たれることだったと、おじ様は言うの？」

「悪《あ》しき王を討った者は、罪人ではなく英雄《えいゆう》となります。次の王にも相応しい。弟に国を譲《ゆず》るための死です」

「……彼女は、悪しき王？」

「国を傾ければ、民は悪しき王と見なします」

女王が即位すると、国が荒《あ》れる。原作とは異なる、あの青年が関与《かんよ》したのかもしれない部分。……ウス王のことを調べれば、もっといろいろわかるのかな。別の視点、たとえば、カンギナ人から見たウス王、とか。

「——殿下。あまり過去に囚《とら》われることのないよう。変えることのできないものです」

「それなら、おじ様は、未来は変えられると思う？」

「過去を変えようとするよりは、簡単でしょう」

おじ様が、至極《しごく》当然という風に力強く頷いた。

「その通りだわ」

思わず、満面の笑みになる。この先のことは、まだ決まっていない。変えられるかもしれない。……変えてみせるんだ。

「殿下は既に一つ、未来を変えられましたよ。その王冠です」

手元の王冠を見下ろす。……これ？

「次代の王は、その王冠を頭上に戴《いただ》くことになるのではありませんか？　発見されたことは喜ばしいことです」

　そうだ。前提条件が私の認識とは違ってたんだし、本物の王冠が見つかったって、父上に渡すのが一番なんだ。でも、どうせなら。

「おじ様、この王冠だけれど……お願いを聞いてくださる？」

「わたしにできることなら何なりと」

　さすがおじ様！　その言葉を待っていました！

　私は王冠をずいっとおじ様の前に突《つ》き出《だ》した。

　瞬《まばた》きしたおじ様が、輝く王冠を受け取る。

「おじ様が見つけたことにして、父上に渡して欲しいの」

「わたしが……陛下にですか」

「そのほうが良いもの」

　私はうんうんと頷いた。

　これで父上からのおじ様への評価、うなぎ登り間違いなし！

　父上とおじ様、なーんか、あんまり仲が良くないっぽいんだよね。

　おじ様を父上が煙《けむ》たがってるような。目の上のたんこぶ的な？

　おじ様贔屓《びいき》なせいで私の目にフィルターがかかっている可能性は否《いな》めない。王家とナイトフェロー公爵家の関係は良好だし、国王としての父上がおじ様をないがしろにしたことはないいんだけど、どうせ父上にこの王冠を渡すなら、私よりおじ様でしょう。

で、発見もおじ様の手柄《てがら》にしてしまえば！

というか、王冠に関しての真の功労者《こうろうしゃ》って、ルストなんだよなあ……。

王冠があると知っていて、あの言葉を囁いた線が濃厚《のうこう》、かな。ただし自分では仕掛けを解かずに。一体何を考えて？　うーん……。

「――謹《つつし》んで。この王冠は、わたしから陛下にお渡しします」

おじ様の返答に、私は顔を輝かせた。

「ええ！」

「ですが、オクタヴィア殿下より預かったものだと伝えさせていただきます」

真面目《まじめ》だなあ……。でも、そんなところも痺《しび》れる！

「わかったわ、おじ様」

私が答えると、おじ様は、兵の一人を呼んだ。おじ様に近づいた兵士は、一旦走っていって、布を持って戻ってきた。兵士が両手に布を広げ、おじ様がその上に王冠を置く。一礼し、兵士が下がった。

王冠は、確実におじ様が父上に渡してくれるとして――。

「それで、おじ様。今回のシル様の一件についても、お話ししてくださるかしら」

せっかくだから、ここで訊いてしまおう！

46

「それは構いませんが……何からお訊きになりますか？」とおじ様が問い返し、説明が始まった。私が質問すると、おじ様が懇切丁寧《こんせつていねい》に答えてくれる。

今回の二方向からの曲者一斉確保《いっせいかくほ》についてを、ようやく私も知ることができた。

びっくりしたのは、シル様のこと。

シル様が準舞踏会から消えて、『空の間』にいたのは、おじ様も一枚嚙《か》んでいた！　いや、おじ様が曲者ってわけじゃない。

おじ様は、『従』を含む曲者たちの動きを摑んでいて、彼らがシル様を狙っていると知り、シル様本人に協力を仰《あお》いだ。

その結果――シル様は、自分を狙う曲者たちの元へ、囮として赴《おもむ》いた。

これで、デレクがどうしておじ様へ食ってかかっていたのかが理解できた。おじ様が颯《さっ》爽《そう》と『空の間』に現れたときに、シル様が囮にされたって答えを導き出したんだろうなあ……。

「殿下は、愚息《ぐそく》のようにわたしを責められないのですか？」

「……シル様が、決めたことなのでしょう？」

だったら、とやかく言えない。

危険なのはシル様だって承知の上だったはず。それだけ、実の家族……自分の素性を知りたかったんじゃないかな。おじ様によると——おじ様もその内容までは知らなかったみたいだけど——準舞踏会に家族が出席するっていう情報をシル様に寄越《よこ》したのは曲者たちだったようだから。手がかりが得られたのかどうか……。

『従』とシル様……。覚醒シル様になったのって、『従』が何かしたから？

「彼らは、これから取り調べを？」

捕まえた、『従』の二人と、曲者たち。意識のある、あの若い『従』は、兵士に所持品の検査を受けているところだった。顔のフードが剝《は》ぎ取《と》られている。

この部屋を彩《いろど》る鉱石の色合いに似た青い瞳が、刺《さ》すような強さでこちらを見た。びくつきそうになる。

私はバッとレヴ鳥《ちょう》のふわふわ羽根を使った黒扇《こくせん》を広げた。『従』の視線を遮《さえぎ》る。

そう！　おじ様が説明を始めて少し経《た》ってから、黒扇が戻ってきたのだ！

『空の間』内に落ちていた黒扇を兵士の一人が拾ってくれたんだけど、私とおじ様が話し中だったからか、その兵士は控《ひか》えていたクリフォードに黒扇を手渡《てわた》した。で、折を見てクリフォードが私に返してくれた。

「はい。幸い、曲者たちは多少の負傷があるのみで全員を生け捕《いど》りにすることができました。王城に移送した後に、陛下の許可を得て本格的な取り調べを行います」

エミリオ、とあの若い『従』は呼ばれていたっけ。

おじ様が連れてきた、彼の『主』とおぼしき少女に。で、少女のほうは……。

「ターヘン伯令嬢《はくれいじょう》は？　彼女は何も知らないようだったわ」

「彼女は保険です。あの『従』は、疑惑のある一人でした。しかし、曲者の仲間かは断定できず、今宵《こよい》どう動くかで立場がわかる人間でもありました。『主』を持つ『従』を制するには、『主』を押さえるのが定跡《じょうせき》です。……ご安心を。現状、ターヘン伯令嬢には、髪《かみ》の毛《け》一本たりとも危害を加えることはありません」

「彼は……少なくとも、シル様を狙っているわけでは、なかったわ」

「しかし、殿下には刃《やいば》を向けた？」

……う。

「取り調べによって詳細は判明するでしょうが、殿下の口からも今宵の出来事をわたしに教えていただけますか？」

一瞬、悩んだ。おじ様に話すのは全然やぶさかじゃないんだけど、シル様のことはどこまで？　覚醒シル様とのことは黙《だま》っていたほうが？

無駄《むだ》だ！　と即《そく》答えが出た。

黒扇越《ご》しでも、エミリオという『従』の強い視線を感じていたせいで、『従』や曲者たちは見たままを話すよねってことに気づきました！　下手《へた》に誤魔化《ごまか》せば齟齬《そご》が出る！

黒扇を閉じて、私は口を開いた。

――庭園で襲撃《しゅうげき》に遭遇《そうぐう》し、そこからルストの案内でデレクも加わって、この『空の間』まで来たこと。『空の間』での一連の出来事をおじ様に伝える。

「……大変参考になりました」

「おじ様の計画の邪魔《じゃま》をしてしまったかもしれないわ」

だから、やっぱり事前に教えてもらえてればなあって気持ちがちょっとだけある。おじ様が敵を欺《あざむ》くにはまず味方から、を実行していたなら仕方ないんだけど。

「邪魔などということはありません。しかし、殿下の振る舞いにはいつも驚かされます」

「……自由に行動しすぎた？」

「バークス殿を捜して殿下が自ら動かれるとは、わたしも予測しておりませんでした。……殿下は、昔から言葉よりも行動で示すのがお好きでしたね」

目を細め、懐《なつ》かしそうにおじ様が私を見つめる。

「……そうだったかしら」

私はすっとぼけた！　私にとってそれは黒歴史なのです、おじ様……。

麻紀《まき》として死に、その数時間後オクタヴィアに生まれ変わった、みたいな感覚だった私には、エスフィア語って未知の言語だったから！　完全習得できるまで、それなりの時間が……。間違いながら覚える……にしても、その間違え方も不自然になってしまう！

なので、私は自分のエスフィア語に自信が持てるまで、極端《きょくたん》に口数が少ない王女だった。

言葉より行動──だって、正しい文法だって確信がないとエスフィア語では喋《しゃべ》れない！「はい」、「いいえ」のみで生きていた時期もありました……。聞き取れないから、「ゆっくりお願い」「もう一度」も多用したなあ……。

「よく覚えておりますよ」

ぐ！　優《やさ》しいおじ様の笑顔が眩《まぶ》しい！

「不思議な呪文《じゅもん》を口にされることもなくなりましたね」

「……子どもの遊びだもの」

私は外国語を覚える感覚でエスフィア語を学んだ。使わないと日本語を忘れるんじゃないかって怖《こわ》かったし──最初のうちは単にエスフィア語がわからなかったからだけど──頭の中では常に日本語で考えていた。

つまり、必然的に、エスフィア語が不安なうちは、喋らない割にポロっと日本語が出てしまうことがあった。

おじ様が言っているのはこれ。

不思議な呪文……その実体は日本語！　アレクの出立《しゅったつ》の際にエスフィア語で唱《とな》えた、指切りげんまん。あれも元々は日本語そのままだった。

はじめの一回はパチパチ瞬きして首を傾《かし》げるアレクに、日本語で教えちゃってたんだよ……！　ついでにその一回だけで日本語バージョンを完璧に暗記したアレクはすごすぎる。

意味のある言葉ならまだしも、意味不明な音の羅列《られつ》って短くてもすさまじく覚えにくいのに！　弟の才能を垣間《かいま》見《み》た瞬間の一つでした……！

「わたしはあの呪文をお聞きするのが好きでしたよ」

「おじ様……」

優しいフォローが身に染《し》みる！

とはいえ、日常生活で日本語が私の口から出ることはもう滅多《めった》にない。不自由なくエスフィア語を操《あやつ》れるようになったもんね！　努力って偉大《いだい》！　必要に迫《せま》られれば人間、外国語をマスターできる！　バイリンガル！

この努力が前世の英語の授業で発揮できていれば……！　…………無理かな。日本では日本語だけで生活できる。その分、必死さがどうも……。

でも、喋るときはエスフィア語だけど、思考するときはいまでも日本語寄りだなあ。あと、日本語で日記も書いてる！　便利なんだよね。だって何を書いても、私以外誰にも読めない！　ぜんぶ暗号文！　バーンと広げておいてもプライバシーは守られます！

城に戻ったら、今日のことも書いておこうっと。いろいろありすぎたから、メモっておかないと……。

「あの頃《ころ》から、殿下の護衛の騎士は幾人《いくにん》も代わりましたが……」

懐かしげだったおじ様が、控えているクリフォードに目を留《と》めた。

「此度《こたび》の殿下の騎士殿は、殿下の信頼《しんらい》がお厚いようですね。それに、『従』をあのように翻弄《ほんろう》し、勝利するとは」

褒《ほ》められたのはクリフォードだけど、言ったのがおじ様なこともあって、自分のことのように嬉《うれ》しい。

「わたくしの自慢《じまん》の騎士よ」

「——護衛の騎士殿も『従』かと、錯覚《さっかく》するほどでした」

ぎくっとした。おじ様、鋭《するど》い。

私とクリフォードの会話が聞こえていたとか……。いや、だったらこんな風には言わないかな……。

「『従』でなくとも、強い殿方《とのがた》はいると思うわ、おじ様」

「ええ。『オンガルヌの使者《ししゃ》』などは、そうでしょうね」

「！」

――オンガルヌ。サザ神教で、地獄《じごく》を指《さ》す言葉。

そして、原作でのターヘン編でのキーワードだ。

でも、『オンガルヌの使者』っていう、人を示すフレーズは、聞いたことがなかった。

私は食いついた。

「おじ様。『オンガルヌの使者』について、わたくし詳しく知りたいわ」

教えておじ様！

「わたしなどで宜しければ」

クリフォードに依然《いぜん》として目を留めていたおじ様が、私に視線を戻して相好《そうごう》を崩《くず》した。

はー、おじ様大好き！

「『オンガルヌの使者』とは、先のサザ神教との戦《いくさ》において作られた、ある男の名称《めいしょう》です。戦《いくさ》が始まったとき、戦況はエスフィアに決して有利ではありませんでした。しかし、異様な強さを誇《ほこ》る男が現れ、サザ神教を率いる反逆者ナタニエルを討《う》ち取《と》りました。ただし、この男はエスフィアにも被害《ひがい》を与えています。そのため戦っていた両陣営《りょうじんえい》に恐れられ、戦いぶりから地獄《じごく》の使者――つまり、『オンガルヌの使者』と。名付けの始まりは、サザ神教の信兵でしょう」

サザ神教との戦争……。異様に強い……。

私、戦況については蚊帳《かや》の外《そと》だったからなあ……。私、というよりは、王女という立場が、かな。父上からは、「普段通りに過ごすように」と言われた。むしろ王女としての役割は戦後に集中していた。凱旋式《がいせんしき》で目一杯《めいっぱい》笑顔を振りまいたり、民への慰労《いろう》であったり。

「それならば、おじ様。その『オンガルヌの使者』こそ『従』であった可能性があるのではないかしら？」

いいえ、とおじ様が否定した。

「その可能性は薄いでしょう」

「何故？」

「普通、『従』であればなし得るはずのないことを、『オンガルヌの使者』が行ったからです、殿下」

「……なし得るはずのないこと、とは？」

「『オンガルヌの使者』は、ナタニエルを討ち取りました。しかし――判明している事実によれば、『従』ならば誰であれ、ナタニエルを害せるはずがないのです。文字通り、『主』の有無《うむ》に関係なく、『従』は逆らうことができない。……ナタニエルは、そういった血筋の人間でした」

サザ神教について習ったことを、必死に記憶の中から掘《ほ》り起《お》こす。

えっと……出てきた！

エスフィアで疫病《えきびょう》が流行《はや》ったときに、苦難や死からの救済を唱えたサザって人が祖。

そのときに爆発的《ばくはつてき》に信者を増やしたけど、疫病が終息《しゅうそく》してからは数を減らしていって、細々と続いていた。

それが、一気に復活したのがウス王の時代で——サザ神教の指導者は、世襲制《せしゅうせい》……。

「そうなったのには、理由が？」

おじ様が小さく首を振った。

「そこまでは、わたしも把握《はあく》しておりません」

「……おじ様でもわからないのね」

「おや。殿下はわたしを過大評価なさっておられる」

「だって、おじ様は『従』なのかと疑いそうなほど詳しいわ」

短い沈黙が落ちる。

「……わけあって殿下には黙っていましたが、実はわたしは『従』なのです」

「っ？」

言葉が出ない。愕然《がくぜん》とした。

「——というのは、冗談《じょうだん》ですが」

おじ様が悪戯《いたずら》っぽく付け足した。

「おじ様！」

お茶目すぎる！　本気で信じたから！

おじ様から快活《かいかつ》な笑い声があがった。

「わたしはナイトフェロー公爵家の当主として、『従』についても多少通じているに過ぎません」

ナイトフェロー公爵家には情報が集まるって、デレクも言っていたっけ。

「ですので、『オンガルヌの使者』がただ天賦《てんぷ》の才《さい》を持った人間であったと結論づけていました。最初から『従』だとは考えません」

「……それはそうだわ」

私の発言は無知ゆえです……！

「しかし、『オンガルヌの使者』が『従』であるという発想は、面白《おもしろ》いですね。――不可能を可能にした『従』がいたとすれば」

今度はにっこりとおじ様が笑った。

私もつられてにっこりと笑――おうとして、欠伸《あくび》が出そうになり、パッと黒扇を広げた。

が、おじ様の目を誤魔化せるはずもなく。

「お疲《つか》れのようですね。無理をさせてしまいました」

「おじ様、わたくしは大丈夫《だいじょうぶ》よ」

残るって言い出したのは私だし。

ちょっと眠くなってきたかなってだけで。……よりにもよってこんなときに！　行きの馬車の中で爆睡《ばくすい》したのになあ。

「いえ、ここを出、お休みになられたほうが良いでしょう」

さあ、と促《うなが》された。

『空の間』では、忙《いそが》しく兵士たちが動き回っている。

私が居座《いすわ》っていても気を遣《つか》わせるだけか……。

おじ様の言葉に従おう。あ、でも。

「あの、おじ様。ここでしたお話についてだけれど……」

クリフォードが『従』だとは、おじ様にはたぶん、バレてないんじゃないかなあ……と思う。でも聞こえていた兵がいるかもしれないし、他にもおじ様と『公言はしない』ような話をしまくりだったよねっていまさらながら！　おじ様が相手だとほっとして、つい！

「──殿下や騎士殿、曲者たちを除けば、ここにいるのは、みなわたしの部下です。何かを見、聞いていたとしても、外部に漏らす者はおりません。不用意に漏らせばどうなるか知っていますので。ですが、もし、部下に吹聴《ふいちょう》させたいと殿下が仰《おお》せなら……」

慌てて私はかぶりを振った。

言いません！

そうして、歩き出そうとして──墓標を振り返る。青い、美しい墓標。

「…………」

「殿下？」

「……おじ様、少しだけ時間を」

思い立って、私は自分の髪の中に無事な右手を差し入れた。

外したのは、二輪のリーシュランで形作られた花飾り。

ルストは「イデアリア」と、リーシュランの花飾りを着けた私を呼んだ。シル様は、同様に、だけど「陛下」、と。関連性を考えるのは、無意味かも。

すべては、私の想像で。

でも、もしかしたら――女王イデアリアは、普段生花《せいか》で髪を飾っていて、中でも、リーシュランの花が好きだったのかもしれない。

墓標に、リーシュランの花を捧《ささ》げる。

もし的外れな考えだったとしても――この花は、彼女へ。

「――行きましょう、おじ様」

おじ様が、『空の間』に兵士を連れて駆《か》けつけてくれたとき。

あの赤毛の青年がひとっ走《ぱし》りして知らせたとして、たとえば他に連絡員《れんらくいん》がいたとしても、

私たちが玉座の仕掛けを動かして歩いてきた距離を考えると、着くのが早すぎたんだよね。

何故か？　答え。おじ様たちは、抜《ぬ》け道《みち》を利用したのでした！

「正しい道を知っている者こそ、この存在を知らないでしょう。彼らには不要ですから。——過去に、新たな入り口を作れば良いと考えた者がいました。山中に穴を開け掘《ほ》り進《すす》め、通路に続く道を。荒業《あらわざ》です。そこから苦労したようですが」

「間違った道を行《ゆ》くと、迷う上に、仕掛けで行く手を塞がれてしまうからね？」

「ええ。先人の苦労があってこそ、わたしも馳《は》せ参《さん》じることができました」

その件《くだん》のトンネルの中を、私たちは歩いていた。

おじ様と、松明《たいまつ》を手にして数名の兵士も来てくれている。

ルストに案内されて来た正規《せいき》ルート？　を通るより、かなりの時間短縮になるらしい。

おじ様に問われ、それならって、私は抜け道を行くことにした。

ただこのトンネル。整備なんてされていない。「道？　通れればいい！」と、そんな心意気を強く感じる！　そこかしこに転がっている石が豪快《ごうかい》。

……そして、靴が湿《しめ》った土で滑りやすい！

何度か、こけかけた。その度《たび》にクリフォードに助けられ——最終的に、私はお姫様抱っこで運んでもらうこととなった。

お姫様抱っこ再び。いや、墓標の前から、『空の間』を出るまでの移動も入れると、三度だった……。

クリフォードの首に両手を回し、私はものすごい楽をしている。

だというのに、それとも、だから？

馬車のとき同様、眠気《ねむけ》がちょっとどころではなくなってきた……！

おじ様との会話が途絶《とだ》え、足音だけがトンネル内に響く。

私の眠気はますます強まるばかりだった。やっと終わったあっていう気の緩みが出てるのも大きいかもしれない。（偽装《ぎそう》の）恋人探しは進まなかったけど――準舞踏会ではいろんなことが起こりすぎて、今日はもうお腹《なか》いっぱい。

うー。駄目《だめ》だ……。

「……殿下？」

クリフォードの胸に顔を寄せて、目を閉じたら、眠りまでは一直線だった。

ゆらゆらと、身体が揺れる。顔を寄せた場所があったかくて、心臓の音が聞こえる。

安心して、休んでもいい場所なんだって思える。

――だけど、その前に。

思い出した。

夢現《ゆめうつつ》の中で、完全に眠りに落ちる前に、口を動かした。名前を呼ぶ。

「クリフォード……」

言っておかなきゃ。

あのね、クリフォード。

「心配をかけて、ごめんなさい」

これだけは、ちゃんと謝っておかないと。

「……はい」

微笑まれたような、そんな気がした。

「——お休みなさいませ」

……うん。

きっと、もうあの悪夢は見ない。

『オンガルヌの使者』が見る世界・5

「……眠《ねむ》られたか」

振《ふ》り返《かえ》り、レイフ・ナイトフェローが寝息《ねいき》を立てるオクタヴィアを見つめた。暗灰色《あんかいしょく》の瞳《ひとみ》が細められ、柔《やわ》らかな表情が浮《う》かぶ。だがそれは数秒ほどのことだった。

顔を上げ、クリフォードに提案する。

「護衛《ごえい》の騎士殿《きしどの》。殿下《でんか》を我々でお運びすることもできるが？」

公爵《こうしゃく》の言葉通り、立ち止まった兵士たちが指示を実行できるよう待っている。

提案を咀嚼《そしゃく》する。

――オクタヴィアを預ける？

かぶりを振《ふ》った。

「いえ。私が」

多少戦いにくくなろうとも、オクタヴィアを他者に任《まか》せることはできない。

……任せたくはない。これが『従《じゅう》』としての感情なのか。そうなのだろう。『空の間』で輝《かがや》きを増した『徴《しるし》』のことを思えば。

「仮に、我々がここで貴殿《きでん》に刃《やいば》を向ければ、ひとたまりもないだろう。それでも？」

試《ため》すかのような、追加の問いが発せられた。

「そのような心づもりがおありですか」

ないことはわかっている。相手に戦う気があるかないかは読み取れる。

習性のようなものだ。たとえ殺意や敵意、害意を隠《かく》したとしても、乱れは生じる。動作の一つ一つ、呼吸、目線――どれもが、レイフ・ナイトフェローの戦意を否定していた。

「ないとも。仮に、の話だ。わたしは負ける戦《いくさ》などしたくない」

「………………」

「だが、わたしの調べた『クリフォード・アルダートン』という男なら、どこまでも利を選ぶ。戦いを生業《なりわい》にする人間が、両手が塞《ふさ》がる事態を良しとするとは思えないが」

公爵の言《げん》は間違《まちが》ってはいない。――かつての『主《しゅ》』に仕《つか》えていた頃《ころ》の自分ならば、荷物としてオクタヴィアを渡《わた》していたかもしれない。

優先すべきは常に、いかに戦いやすい状態を維持《いじ》するか、だった。

「――勝てば、問題ないでしょう」

暗灰色の瞳が、クリフォードを見据《みす》えた。

「そのくらいの自信がなくば、殿下も側には置かぬか」

呟《つぶや》くと、再びオクタヴィアへと視線を注《そそ》ぐ。

「ん……」

ていた。

腕《うで》の中のオクタヴィアが小さく身じろぎした。

寝心地《ねごこち》の良い場所か、暖を求めてか、顔をクリフォードの側に寄せる。満足げな顔をしていた。

「…………」

少し安堵《あんど》した己《おのれ》をクリフォードは自覚した。自分の『主』は馬車のときのように、悪夢を見ているわけではないようだ、と。

「ふっ」

一声が漏《も》れると同時に、薄暗《うすぐら》い洞窟《どうくつ》内には似つかわしくない、呵呵《かか》とした笑い声があがった。

「わたしならば貴殿の近くでなど安心して眠れぬが……殿下にとってはどうも違《ちが》うようだ。それは貴殿も同様かな？」

「……意味がわかりかねます。私が殿下を傷つけることはありません」

オクタヴィアの眠りを損《そこ》ねぬよう、抱《かか》え直す。

その拍子《ひょうし》に、首に回されていたオクタヴィアの手が外れ、自分が手当てを施《ほどこ》した左手が目に入った。白い布地には、かすかに血が滲《にじ》んでいる。

――目にしていると、腹立ちが甦《よみがえ》る心持ちがした。

「しかし、殿下は負傷された」

公爵が兵士たちに顎《あご》をしゃくってみせた。頷《うなず》いた兵士の一人が公爵に松明《たいまつ》を渡す。そして、周囲を歩いていた兵士たちが心得た様子で先へ進み、姿を消した。

あえて、兵士たちを行かせたのだろう。

自ら松明を持ち、ゆっくりと前を歩きながら公爵が口を開いた。

「護衛の騎士殿はみすみす、オクタヴィア殿下が自傷されるのを見過ごされたのだろうか？　もちろん、殿下は貴殿を庇《かば》っておられたが。自分が言《い》い含《ふく》めたのだ、と。しかし、いち臣下《しんか》として不安でならない。今後も、貴殿は同様の命令に従うのか？」

――『従』ならば、『主』の命令は絶対だ。倫理《りんり》や感情、意志をも超越《ちょうえつ》する。

オクタヴィアが短剣《たんけん》を使って、手を傷つけようとしたとき。『主』の意図は理解した。

自分に止められぬために事前に『主』として命令をし、手を打ったのだ。

そう理解し、従うと決めた。

ところが――。

クリフォードは、気づけば『主』の手首を摑《つか》んでいた。

驚《おどろ》き、目を見開いたオクタヴィアの顔を覚えている。抱《いだ》いたのは、怒《いか》りだ。オクタヴィアの掌《てのひら》から血が流れた瞬間《しゅんかん》、堪《こら》えきれなくなった。

易々《やすやす》と自らを傷つけたオクタヴィアにも、そうなる前に止められなかった自分にも。

これは『従』ゆえか？　しかし命令とは矛盾《むじゅん》する。

「次は……ありません」

「殿下が命令の上、自傷を試みたとしても、かすり傷一つ負わせぬと？」

「ええ」

顎を引いた。

自分がオクタヴィアの側にある限りは。

「ならば良い。私情を交《まじ》えるなら貴殿は気に入らぬが――オクタヴィア殿下の選択《せんたく》だ。この方にとって、貴殿が弱さを見せられる相手になり得ることを望む」

「…………」

泣いていたオクタヴィアのことが脳裏《のうり》に浮かぶ。隠して欲《ほ》しい、という命令も。

「弱音を吐《は》かない方だ。本当の意味での弱音は、な。わたしは残念ながら、殿下のお眼鏡《めがね》には適《かな》わなかった。――わたしの本質を見抜《みぬ》いておられる」

一瞬《いっしゅん》、苦笑《くしょう》が浮かぶ。かぶりを振ると、公爵は話を続けた。

「まあ、これは余計な話だ。貴殿が何者であろうが、『次はない』と聞きたかった。無論、訊《き》きたいことならば他にもあるが」

『「従」ならば誰《だれ》であれ、ナタニエルを害せるはずがないのです』

『――不可能を可能にした『従』がいたとすれば』

公爵が『空の間』でオクタヴィアに対し口にしていた言葉が思い出される。

「たとえば——護衛の騎士殿はどう思われる？　バークス殿は、何故《なぜ》『従』に狙《ねら》われているのか」

「狙った『従』本人にお訊きください」

返しながら、抱えたオクタヴィアのあたたかさとは裏腹に、冷めた想《おも》いが飛来《ひらい》した。

何故バークスが狙われるのか？

——決まっている。

シル・バークスの生まれた経緯《けいい》、血が問題だ。そして『従』たちに受《う》け継《つ》がれ、刻まれている記憶《きおく》が、排斥《はいせき》の方向に舵《かじ》を切らせる。過去に囚《とら》われた『従』ほど、その動きは強い。

だが、捕《つか》まった『従』は決して口を割らないだろう。

「では、貴殿が『従』なら、バークス殿を狙うかな？」

「私が『従』なら——狙われる側でしょう」

問いには答えず、クリフォードはある事実を述べ《の》た。

素性《すじょう》が明らかになれば、バークス同様、自分も『従』に付《つ》け狙《ねら》われるだろう。処分すべき、禁忌《きんき》の存在として。ただし、明らかになることは絶対にない。よって狙われることもない。

何故なら、母親の絶望の悲鳴と共に生まれたその禁忌の子どもは、公《おおやけ》には死産だったのだから。

「狙われる側か。覚えておこう」

「――宜《よろ》しければ、私からもナイトフェロー公爵に質問を」

「ほう？　護衛の騎士殿が？」

歩きながら、公爵が振り返った。

「公爵は『従』なのでしょうか」

「ふむ。意外だな。貴殿はオクタヴィア殿下へのわたしの冗談《じょうだん》を真に受けられたのか」

「あながち冗談とも思えませんでしたので」

あの『空の間』で感じたことだ。

少なくとも、レイフ・ナイトフェローは『従』と互角《ごかく》に渡《わた》り合《あ》える技量《ぎりょう》を持っている。

いくら兵士を揃《そろ》え、万全《ばんぜん》の態制を整えたとしても、『従』に勝てる保証はない。オクタヴィアの介入《かいにゅう》がなければ、公爵の用意した部隊のみがあの場に突入《とつにゅう》していたことになる。未熟《みじゅく》な『従』のほうは、『主』を人質《ひとじち》にすることで無効化したが、もう一人の『従』のほうはどうか？　戦闘《せんとう》は避《さ》けられたか？

否だ。

その場合、高確率で――剣《けん》を取って戦い、決着をつける役目を担《にな》ったのは、公爵本人だろう。楽に、とはいえない。しかし、『従』の捕縛《ほばく》はできたはずだ、とクリフォードは考えている。バークスを囮《おとり》にする作戦は、どちらにせよ成功していたはずだ。

「殿下といい、護衛の騎士殿といい、わたしを買いかぶっているようだ。主従は似るものか？　――嬉《うれ》しいことだが」

見てわかるような特徴《とくちょう》は、『従』にはない。もっともわかりやすいのは強さだが――それこそ、『従』でないのならば、公爵こそ天賦《てんぷ》の才《さい》を持った人間ということになる。

もしくは――『従』に師事《しじ》したことがあるか。

「そうだな。貴殿がいなくとも、『従』を制圧する手段はあった、と答えておこうか」

眠るオクタヴィアに視線をやりながら、公爵が呟いた。

「……勝つには勝てたろう」

しかし、と言葉が付け足された。

「殿下がいらっしゃらなかったら、バークス殿が無傷でいられたかは不明だ。何より、わたしでは王冠《おうかん》を発見できなかった」

――王冠か。

「しかも、わたしから陛下へ渡すようおっしゃるとは。困ったものだ」

言葉だけを捉《とら》えればそうは見えないが、その実、公爵の様子は楽しげだ。

女王の墓に眠っていた本物の王冠を、オクタヴィアはいままで政治的には中立の立場に立っていたレイフ・ナイトフェローに託《たく》し、国王へ渡すよう頼《たの》んだ。

オクタヴィアの女王即位《そくい》への意欲と、ナイトフェロー公爵に自身の後ろ盾《うしだて》として表舞台《おもてぶたい》へ立つように要請《ようせい》した、と解釈《かいしゃく》することもできる。

いや、実際に発見者のオクタヴィアに代わり、公爵が国王に王冠を届けたとしたら、その経緯《けいい》だけで、身分の高い人間ほど、オクタヴィアの女王即位を連想するだろう。

——ふと、洞窟内の様相が変わった。

甘《あま》く、上品な香《かお》りが漂《ただよ》う。

地上へと続く出口が遠目に見えた。そして出口までの地面に、白い花々がまるで道を照らすかのように咲《さ》いている。

白い花——リーシュランだ。

「ウス王の執念《しゅうねん》と言うべきか」

一度、立ち止まった公爵が目を細めた。

「ウス王はリーシュラン狂《ぐる》いと言われるほど、この花の栽培《さいばい》に力を入れた時期があった。その名残《なごり》だ。一説には、当時の離宮……現在の『天空の楽園』一帯をリーシュランで覆《おお》う計画があったとか。理由は伝わっていなかったが」

おそらく、と続けられた声が洞窟内に響《ひび》く。

「——姉王が愛した花だからこそ。殿下のおかげで、単純に考えるべきだったのだと思い直した。……ウス王がリーシュランを好んでいたわけではないのだろうな」

クリフォードはオクタヴィアの銀髪《ぎんぱつ》に目線を落とした。

そこに挿《さ》してあった花飾《はなかざ》りは、女王の青い墓標に捧《ささ》げられている。

「亡《な》き女王のための花、か」

レイフ・ナイトフェローが、そう呟いた。

リーシュランの花が誘《いざな》う、出口までの道を歩く。

洞窟を出ると、王家の馬車が既《すで》に到着《とうちゃく》していた。兵士たちが動き回り、銘々《めいめい》の役割をこなしている。

夜風が強く吹《ふ》いた。

そのせいか、オクタヴィアが薄目《うすめ》を開けた。

「クリフォードは……いる……？」

右手でクリフォードの服を摑んでいる。半覚醒《はんかくせい》の状態のようだ。

「はい。ここにおります」

薄《うす》い水色の瞳が自分を見上げる。

「……………」

安心したように、笑《え》みを浮かべたオクタヴィアが目を閉じた。

準舞踏会《じゅんぶとうかい》は終了《しゅうりょう》した。いまは休息のときだ。

だから、自分が願っても良いだろう。

――我《わ》が『主』の眠りが損《そこ》なわれることがないように。

了

あとがき

『私《わたし》はご都合主義《つごうしゅぎ》な解決担当《かいけつたんとう》の王女《おうじょ》である3』、略して『わたご3』をお読みくださりありがとうございます。まめちょろと申します。

前巻が二〇一八年の発売だったので、随分《ずいぶん》お待たせしたことに……！　元号も平成から令和になりました。

私事《わたくしごと》で恐縮《きょうしゅく》ですが、私自身もこの節目で環境《かんきょう》が激変しました。新しい生活に慣れつつ、細々と書くことは続けていきますのでよろしくお願いします。

そして、二巻から三巻発売までの間に、二〇一九年十一月二十二日からなんと本作のコミカライズ連載《れんさい》が始まっています。

無料Webコミックサイト、コミックウォーカー様、ニコニコ静画様、pixivコミック様に絶賛掲載《けいさい》中です。

レーベルは『フロースコミック』様になります。

コミカライズを手がけてくださっているのは米田和佐《よねだかずさ》先生です。

いきいきと動くオクタヴィアたちが漫画《まんが》で見れます。

小説と漫画ではやはり表現の方法が違《ちが》っていて、小説ではああいう風に書いたシーンが漫画ではこうなるのかー！　と拝読《はいどく》するたびに唸《うな》っています。

このシーンは小説でもこうすれば良かった……！　と思うこともしばしば。

単純にいち読者としても楽しみにさせていただいています。

そんな漫画版一巻は、この三巻と同月発売です。一足先に発売中ですので、こちらもぜひ手に取ってみてください。

まずはWebコミックで読んでみるのもおススメです！


——という、宣伝はここまでにしまして、三巻の内容など。

三巻はとりあえず一区切り、な準舞踏会編終了《じゅんぶとうかいへんしゅうりょう》の巻になりました。

自分でもなかなか終わらなくてびっくりだった反面、じっくり書けて満足だった準舞踏会編の後半戦。ルストとのやり取りやシル捜《さが》しがメインです。

初期の構想ではシル関連の話はもっと後に来る予定でしたが、準舞踏会で入れることにした結果、アレクシスの白昼夢などいろいろ前倒《まえだお》しになりました。

そう、つまり襲撃《しゅうげき》自体はあれど、準舞踏会ってもっとあっさり終わっていたはずだったのです……！

これに伴《ともな》い、レイフ・ナイトフェローの登場も後半へもつれ込《こ》みました。

名前だと意外と誰《だれ》だっけ？　となるかもしれません。一巻や二巻でチラッと存在を匂《にお》わせていたおじ様です。

おじ様です。

別に大事なことじゃないのですが、二回繰《く》り返《かえ》してみました。

オクタヴィアの一人称《いちにんしょう》でのレイフ登場シーンは、「うーん、これはまるで遅《おく》れてきたヒーロー……！　我ながら登場まで引っ張った！」と書いていて思いました。

そして結局準舞踏会では偽《にせ》の恋人《こいびと》役は決まらない……！

これは予定通りでした。

イラスト方面では、藤《ふじ》先生の描《えが》く表紙カラー、クリフォードの白衣装は三巻ならではです。

今回お忙《いそが》しい中、表紙についてたくさん要望を出してしまったのですが、バッチリ仕上げてくださいました。三巻の表紙も実に美しい……！

最後に、今回も書籍《しょせき》ではガイ視点がページの都合上カットされていまして、準舞踏会後のガイのことが気になる方は、Ｗｅｂ版にある『今日も深読みが止まらない平民兵士の、たぶん平和な休日』もぜひどうぞ！

準舞踏会の補完話《ほかんばなし》としても読める……と思います。

ここまでお読みいただきありがとうございました。

またお会いできることを祈《いの》っております！

まめちょろ

■ご意見、ご感想をお寄せください。
《ファンレターの宛先》
〒102-8177 東京都千代田区富士見2-13-3
株式会社KADOKAWA ビーズログ文庫編集部
まめちょろ 先生・藤未都也 先生

●お問い合わせ
https://www.kadokawa.co.jp/（「お問い合わせ」へお進みください）
※内容によっては、お答えできない場合があります。
※サポートは日本国内のみとさせていただきます。
※Japanese text only

ビーズログ文庫

私《わたし》はご都合主義《つごうしゅぎ》な解決担当《かいけつたんとう》の王女《おうじょ》である 3

まめちょろ

2020年2月15日 初版発行
2024年10月25日 4版発行

発行者　山下直久
発行　株式会社 KADOKAWA
〒102-8177 東京都千代田区富士見 2-13-3
（ナビダイヤル）0570-002-301
デザイン　伸童舎（しいばみつを）
印刷所　株式会社KADOKAWA
製本所　株式会社KADOKAWA

ISBN978-4-04-736006-8 C0193

定価はカバーに表示してあります。
◆◇◇

FLOS フロースコミック COMIC
大好きな
BL小説に転生！
漫画
米田和佐
原作 まめちょろ
キャラクター原案 藤 未都也
…って
政略結婚ルート
不可避の脇役王女!?
第1巻発売中！
ComicWalkerにて連載中
待望のコミカライズ！
私はご都合主義な解決担当の王女である
KADOKAWA 判型：B6版